AF383558

La deuxième plume de Franck Bel-Air

©2021. EDICO
Édition : JDH Éditions

77600 Bussy-Saint-Georges. France
Imprimé par BoD – Books on Demand, Norderstedt, Allemagne

ISBN : 978-2-38127-110-1
Dépôt légal : mars 2021

William Techer-Perez

La deuxième plume de Franck Bel-Air

JDH Éditions

Black Files

À ma femme et à mes enfants.

Avez-vous déjà essayé de creuser une tombe dans une terre parfaitement aride ?

C'est un peu comme tenter de pratiquer la voile en plein cœur du Sahara : inutile, douloureux et desséchant. Bien sûr, extraire vingt centimètres cubes pour y planter une cordyline ou un arbousier aurait pu sembler tout à fait envisageable, mais réaliser un espace suffisant pour y enterrer un corps était une tout autre affaire.

De plus, planquer un cadavre dans son propre jardin n'était probablement pas la meilleure façon d'éviter la prison. J'avais vainement gâché le début de ma soirée dans cette entreprise avant de me rendre à l'évidence. C'était bel et bien une idée de merde.

Lorsque vous venez tout juste d'assassiner quelqu'un, le plus difficile à supporter n'est ni le poids de la culpabilité, que quelques verres de whisky peuvent rapidement dissiper, ni l'écœurement viscéral que vous pouvez éprouver à la vue du cadavre sans vie et du sang répandu. Si vous en êtes arrivé à tuer une autre personne, c'est probablement que peu de ces choses à ce stade sont susceptibles de vous émouvoir.

Ce qui est particulièrement insupportable, c'est, avant tout, la profonde solitude dans laquelle l'acte que vous avez perpétré vous plonge. Ce n'est pas juste que socialement le meurtre fasse partie des transgressions les plus dévalorisantes. Le vol étant plutôt bien accepté, et même recommandé dans certaines carrières telles que celle d'homme politique, et le viol, au regard des peines parfois appliquées, n'est pas réellement considéré comme un délit à proprement parler. Une bêtise, peut-être…

Non ! Tuer un congénère vous arrache à votre condition d'être humain. C'est bien pire que l'ostracisme, c'est le bannissement éternel de l'espèce tout entière. Vous ne seriez pas plus seul sur un rocher en plein milieu de l'océan Pacifique. Vous devenez un non-être, pour les autres, mais également pour vous-même. Vous êtes seul lorsque vous dînez dans la chaleur protectrice de votre foyer, seul dans la foule au milieu de tous ces visages humains, seul en vous-même lorsque vous cherchez une solution pour éviter de finir votre vie à l'ombre, seul face à votre odieux crime.

Après ma malheureuse expérience de fossoyeur, je m'étais installé au bord de la piscine. La légère brise du soir m'avait un peu apaisé. Presque autant que la bouteille de Nikka que j'avais très sérieusement éclusée. Je pensais à Estelle, mais surtout à Marcel, et les premières larmes avaient jailli sans que je m'en aperçoive. Pas de sanglots, pas de gémissements, juste des larmes et de la morve, puis très vite, la bile qui remonte l'œsophage et qui brûle la gorge et le fond du palais. La nausée ensuite et le sol qui ne vous supporte plus et qui chavire pour vous mettre à terre. Peine perdue, je m'y trouvais déjà.

J'avais vomi une bonne partie de la bouteille de Nikka. Dommage ! C'était un excellent whisky.

Qu'est-ce qui avait dérapé ? Ce n'était pourtant pas si compliqué de vivre une vie normale. Et puis, ça n'avait pas trop mal commencé. Mon enfance, sans être dorée, n'avait pas été si catastrophique. Pas de père, c'est vrai, ou plutôt si, des tas ; passagers ; interchangeables ; parfois sympas, souvent indifférents. Ma mère n'était pas ce qu'on pouvait appeler un cœur d'artichaut, mais plutôt une collectionneuse (ou un garage à bites, selon le milieu). En tout cas, ce n'était sûrement pas ça qui avait fait de moi un assassin. Un con peut-être, mais certainement pas un assassin. En outre, j'avais tout. Toute la panoplie de l'homme heureux. Un bon boulot, bien payé et pas trop chiant, une belle petite maison dans la campagne seino-marnaise avec le grand terrain et le tracteur tondeuse (on commençait même à envisager l'achat d'un robot Husqvarna…). J'avais l'Audi, j'avais l'iPhone, j'avais une femme et un fils, j'avais les gentils voisins, les barbecues dès les premiers rayons de soleil au printemps. J'avais la carte Gold, les lunettes Ray-Ban et la montre Cartier. J'avais le bleu du ciel sur la jetée d'Étretat où nous nous rendions chaque année pour la Toussaint. J'avais les mojitos… J'avais Barjavel, j'avais Orwell, j'avais Pagnol. J'avais encore du désir pour ma femme et du plaisir avec. Après 17 ans de vie commune, croyez-moi, ça confinait au miracle, ou au moins à l'amour.

En tout cas, ça y ressemblait, mais au fond, c'était peut-être la seule chose qui avait réellement manqué. L'amour. Pas celui que l'on reçoit, mais celui que l'on donne.

Je me rappelai les derniers mots d'Estelle avant son départ : *Tu ne m'aimes pas. Tu n'aimes personne, Adam ! Tu n'aimes que toi…* Elle se trompait, bien sûr. Je ne m'aimais pas des masses.

Le jour mourait lentement. Malgré la chaleur encore difficilement soutenable, un frisson avait parcouru mon corps. L'odeur de ma propre haleine me répugnait.

Je m'étais encouragé à retourner dans la maison. Devant l'évier en grès, le son de l'eau qui remplissait mon verre me donna envie de me soulager. J'ouvris ma braguette et urinai à même les tomettes de la cuisine. Au point où j'en étais, j'aurais très bien pu me pisser dessus, mais je ne voulais pas rajouter de l'inconfort à ma profonde dépression. J'éprouvais juste une irrépressible envie de me laisser tomber sur le divan du salon et d'y mourir.

Pour atteindre l'immense sofa, j'avais été obligé d'enjamber la dépouille encore tiède. Après le meurtre, j'avais pris soin de la couvrir avec une sorte de plaid déniché sur le canapé. La raison était moins la peur qu'elle attrape froid (nous étions le 20 juillet et ici, même la nuit, les températures restaient particulièrement insoutenables) que l'appel primitif de lui accorder un minimum d'égard posthume.

La manœuvre s'accomplit dans la plus complète décontraction et j'enjambai le cadavre sans y prêter une grande attention. Je crois qu'il s'en foutait. Malgré cela, ce manque d'humanité me donna envie de mettre le feu à la maison.

Qu'allais-je faire à présent ? Me coller une bastos dans le caisson et en finir une bonne fois pour toutes ? L'idée était assez séduisante, mais l'éventualité de faire de Marcel un orphelin m'était parfaitement inacceptable. Alors quoi ? Me livrer et plaider la folie passagère ? Je pouvais facilement prendre la perpétuité. Mourir en prison ne m'inquiétait pas outre mesure. C'était plutôt y vivre qui me posait un problème. J'avais finalement décidé qu'écrire était peut-être, pour l'instant, la meilleure chose à faire.

1 jour, 4 heures et 34 minutes après l'enlèvement

L'inspecteur Harry n'était pas ce qu'on pouvait qualifier de bon flic. Pas au sens juste ou moral. Non. Il était simplement mauvais dans son métier. On pourrait dire *pas fait pour ça*. À son âge, n'importe quel inspecteur, même médiocre, était depuis longtemps devenu soit gradé, soit planqué (souvent les deux). En général, quelques bonnes affaires résolues suffisaient à gravir les échelons nécessaires pour atteindre des postes moins exposés et surtout plus gratifiants.

Pas l'inspecteur Harry.

Son truc à Harry, c'était la guitare, mais pas n'importe quelle guitare ! Oubliez les riffs de métal teigneux ou même les envolées lyriques époustouflantes du classique. Ce qui animait vraiment Harry, c'était le jazz, et plus particulièrement le jazz manouche. Son boulot, c'était juste pour payer les factures et remplir l'assiette.

En obtenant le concours d'inspecteur avec les félicitations du jury, il avait atteint le sommet de sa motivation. Il ne fallut pas longtemps pour que celle-ci entame un inexorable déclin. Au début, il avait bien nourri une forme d'intérêt (relatif) pour ce travail, cinématographique principalement, mais il finit assez vite par n'en avoir que peu à faire. Il croupissait depuis de nombreuses années à ce poste d'inspecteur, réglant des affaires surtout courantes : des délits mineurs, des vols à l'arraché, des petits trafics de stupéfiants, des fugues...

Les fugues, il aimait bien. L'avantage était que les fugueurs réapparaissaient souvent d'eux-mêmes (des jeunes bourgeois anarchistes pour la plupart) quand ils n'étaient pas simplement récupérés par des confrères, traînant les rues et vivant de mendicité ou de quelques menus larcins. Des *punks à chien*. C'étaient des enquêtes faciles. Les autres prenaient la poussière sur son bureau depuis longtemps. L'inspecteur Harry n'était pas du genre à les choisir en dessous de la pile, alors il puisait parmi les plus récentes, les plus abordables, celles qui représentaient le compromis le plus étroit entre la nécessité de trouver une occupation de rigueur et l'assurance de ne pas se fouler l'auriculaire.

L'inspecteur Harry, je vous le disais, c'était la pompe manouche, les solos sans fin, les phrasés délicats, les accords improbables... L'inspecteur Harry, c'était Django au réveil, Joscho Stephan au coucher et Sanseverino le reste de la journée. L'inspecteur Harry, c'était aussi Hélène, sa femme. Ils n'avaient pas eu d'enfants. Pas pu. Alors ils s'étaient réfugiés très tôt au creux de leur amour et du jazz. Tout le reste n'avait eu dès lors que peu d'importance.

Harry arrivait à son bureau, nonchalant et en retard. Rien d'original pour qui connaissait le personnage. Il fit le tour de l'hôtel de police pour saluer l'ensemble du personnel.

Ce service de police ne faisait pas partie des plus importants d'Île-de-France, mais il possédait une taille honorable. Dessiner ce parcours lui prenait chaque matin une bonne demi-heure. Pour Harry, c'était une demi-heure de gagnée...

Ses collègues l'accueillaient toujours avec sympathie. Il fallait reconnaître que Harry, il ne faisait de l'ombre à personne, et puis on se foutait bien de sa gueule… Dans l'ensemble, il était normalement apprécié, mais n'avait pas vraiment d'amis. On le trouvait un peu trop étrange et c'était un fainéant. Pour le reste, tout le monde s'accordait sur le fait qu'il n'était pas chiant, ce qui suffisait pour qu'on le trouve, en général, plutôt sympa. De là à en faire un ami ! Si l'on tenait à sa réputation et à son avancement, il valait mieux faire comme tout le monde… Maintenir une distance salutaire entre ses ambitions et ses relations avec l'inspecteur *Harry*.

Son véritable patronyme était Antony Viron, mais évidemment, personne au SRPJ ne faisait l'effort de s'en souvenir. Pour tous, il demeurait l'inspecteur Harry… Lui, ça lui convenait bien. Il savait que tout le monde le surnommait ainsi pour se payer ouvertement sa tête, mais c'était mieux que rien, mieux que d'être complètement invisible. Et puis pendant ce temps, on lui foutait la paix…

Le bureau de Harry se trouvait en face de celui d'Aurélie, jeune inspectrice récemment débarquée de l'École nationale de police. Aurélie aimait bien Harry. En tout cas, sa fraîcheur d'âme l'empêchait de céder au mimétisme structurel qui gangrenait le poste de police. Elle avait rapidement éprouvé une compassion affectée pour cet étrange personnage. Elle se refusait formellement à le ranger dans la case où l'avait placé l'ensemble des agents de l'hôtel de police. Il fallait cependant reconnaître qu'il traînait souvent la patte, et avec ça, elle avait quand même du mal.

Arrivé à son bureau, Harry émit un profond soupir. De ceux poussés lorsqu'une tâche difficile touche à sa fin. Comme si le tour des politesses quotidiennes lui avait demandé un effort surhumain. Un soupir combiné de soulagement et d'ennui profond. Un soupir qui dit *fatigue, affliction, découragement* en une seule expiration. Un soupir qui avait une capacité inouïe à mettre Aurélie dans une colère blanche.

Oui ! Aurélie avait des colères blanches. Les colères blanches d'Aurélie étaient semblables à des colères noires, mais comme étouffées par sa cotonneuse douceur de caractère. Une colère affable et domptée. Une colère qui sourit poliment et qui susurre :

— Salut, Harry ! Comment ça va ce matin ?

— Salut, Aurélie ! Ça va ! Je suis fatigué en ce moment, j'ai plus vingt ans, ma belle…

Aurélie ne put s'empêcher de penser qu'il exagérait. Il lui avait refilé trois affaires rien que la semaine passée. Surcharge de travail insoutenable. C'était gonflé !

Après un échange aride de banalités usuelles, Harry posa sa serviette sur le sol et le livre qu'il tenait à la main sur son bureau. Ah oui ! Il lisait, l'inspecteur Harry. Cette particularité aussi paraissait étrange ; je veux dire, pour un flic… Ça participait un peu à la légende. Pas de la grande littérature, des polars, évidemment, et quelques bouquins à la mode ; du tout-venant. Aurélie, ça la faisait un peu rêver. Elle aurait bien aimé lire aussi, mais son travail et sa vie de jeune maman ne lui laissaient pas beaucoup de temps. Elle écoutait simplement Harry lui raconter les histoires qu'il lisait lorsqu'ils partageaient la même affaire. Embusquer plusieurs heures devant le squat d'un petit dealer, ça pouvait être long, alors ça faisait un sujet de discussion. Ça passait le temps.

— Nouveau bouquin ?

— Oui !

— C'est bien ?

— Sûrement le meilleur qu'il a écrit.

Aurélie attrapa le livre de Harry pour en étudier la couverture.

— Je ne savais pas que vous lisiez Franck Bel-Air.

— Je vous raconterai quand je l'aurai fini.

Elle avait reposé le livre sur le bureau de Harry et attrapé une grande enveloppe kraft à côté de son clavier.

— Au fait. Tenez. Une nouvelle affaire pour vous. C'est le divisionnaire Guérin qui m'a demandé de vous la donner.

— Il pense que je n'ai pas assez de boulot, peut-être ?

Manifestement agacé par l'attention de son supérieur, Harry déposa négligemment le dossier sur la pile qui l'attendait.

— Je regarderai ça après le déjeuner.

Aurélie s'amusait de la mauvaise foi de Harry. Elle le laissa s'apitoyer un instant avant de lui annoncer :

— Harry… Vous allez être content. C'est une disparition…

Harry sourit discrètement. Les disparitions, c'était peut-être les affaires qu'il préférait. Encore plus que les fugues. Les disparitions, ça lui permettait de se balader un peu et puis, comme les fugues, on retrouvait souvent les disparus après quelques jours ; ou jamais. Dans le deuxième cas, ça pouvait traîner, mais ça justifiait qu'il ne fasse rien d'autre… Finalement, on classait les affaires non résolues, mais ça pouvait prendre un certain temps. Avec cette enquête, il pourrait se la couler douce un bon moment.

Il saisit à nouveau le dossier.

— Une disparition ? Voyons ça.

Aurélie s'était levée et approchée du petit percolateur installé sur une table attenante. Ce percolateur était la seule touche personnelle de l'inspecteur Harry à leur environnement de travail. Une *Delonghi*. Belle machine ! Rien à voir avec ces quincailles à dosettes qu'on retrouvait dans tous les bureaux du SRPJ et qui vomissaient leurs jus de chaussettes sales avec des effluves de troquet de gare. La *Delonghi*, c'était, pour Harry, le snobisme gourmet à son paroxysme. La grande classe ! Et quel nectar ! Bien sûr, tout ne reposait pas uniquement sur le matériel. Il fallait aussi le bon café. Moulu au soin attentif d'Hélène. Indonésien la plupart du temps, mais il arrivait parfois à Harry de se laisser charmer par la douceur d'un *Bahia brésilien* ou le caractère du *AA Coffee ké-*

nyan. Aurélie était la seule au SRPJ autorisée à accéder au Saint Graal de l'arabica.

Sur le bureau d'Aurélie, on apercevait une multitude de petits cadres. On y découvrait Julien, son mari, et Théo, son fils adoré. Ici, leurs dernières vacances à Saint-Jean-de-Luz, et là, l'anniversaire des trois ans du petit Théo. Aurélie avait besoin de ces amarres. Lorsque ça soufflait, elle s'y accrochait comme à une bouée. Harry, tout avait l'air de glisser sur lui. Il avait un peu du hérisson, il se mettait en boule en attendant que ça passe, et ça passait toujours.

Le percolateur se mit en marche. Un filet léger s'écoula avec un bruit de scooter. Aurélie attendait. Elle savait ce que Harry allait lui demander. C'était d'ailleurs ce que le divisionnaire lui avait ordonné, mais quand même. Elle ne voulait pas encourager Harry. Elle récupérait déjà assez de travail sans que le divisionnaire le lui impose.

Aurélie, vous filerez le dossier de cette disparition à l'inspecteur Harry, ça l'occupera. Délestez-le des affaires en cours. Ça fait trop longtemps que certaines traînent. J'en ai marre qu'il se foute de ma gueule. S'il continue à glander comme il le fait depuis trop longtemps, je le vire et tant pis pour les emmerdes avec les syndicats.

L'odeur du café embaumait l'open space tandis que le percolateur crachait les dernières gouttes de son essence.

— Bon. Je vais attaquer cette enquête… Aurélie ? Je peux vous demander un service ?

— C'est bon, Harry. Donnez-moi vos affaires en cours, je m'en charge !

PARTIE 1

PRÉMICES

1

J'avais commencé l'écriture de mon premier roman le jour de mon seizième anniversaire. Lorsque j'eus enfin fini le premier chapitre, Estelle m'annonça qu'elle était enceinte. J'avais alors trente-cinq ans, trois mois et vingt kilos en trop.

Lorsqu'Estelle me fit part de l'imminent bouleversement, je ne pus que sourire à l'ironie de la situation. Évidemment, elle crut immédiatement percevoir l'expression d'une joie propre à ma toute soudaine paternité. La réalité était que je souriais en pensant qu'il s'était écoulé plus de temps entre le début et la fin de cet unique chapitre que de ma naissance au moment où j'avais commencé à coucher ces premiers mots. Je m'abstins cependant de lui faire part de mon éclatant accomplissement littéraire et préférai m'abîmer d'une manière définitive dans notre double ravissement. Ce jour-là, je me mis à éprouver une étonnante motivation. J'allais être père et l'hypothèse ne me paraissait pas particulièrement désagréable (peut-être juste inadaptée), mais surtout, l'aboutissement de cet ultime chapitre m'encourageait de manière irrévocable à poursuivre l'écriture de mon livre.

Après l'annonce aussi ratée que saugrenue de la grossesse d'Estelle, il ne me fallut que neuf mois pour poser le point final à mon chef-d'œuvre.

Trois cent quarante mille sept cent quatre-vingt-sept caractères (espaces compris) ; cinquante-sept mille trois cent quatre-vingt-cinq mots ; cent quatre-vingt-douze pages au format A4, recto avec interligne double et marges de deux virgules cinq ; neuf cent cinquante-huit grammes de papier ; cent cinquante-six kilo-octets ; deux cent vingt-sept heures de travail et un nombre indéterminé d'engueulades avec Estelle qui avaient misérablement épuisé tous les arguments

21

concevables pour m'impliquer dans son inopiné dessein d'édification familiale.

Marcel était né au beau milieu de la nuit, ce qui était, je ne le découvris que plus tard, une circonstance douloureusement prophétique. Pour le moment, je le trouvais juste beau et singulièrement paisible. Et comme la vie possède un sens de l'humour qui lui est propre, ce fut la première et la dernière fois qu'il m'apparut ainsi. Après quoi, il avait investi notre quotidien et notre espace sonore avec fureur et avidité.

Au cours des sempiternels mois où persista cette dépendance outrancière, je me vis contraint d'ajourner durablement toute velléité éditoriale et même d'oublier complètement jusqu'à l'existence de mon manuscrit. Cela conjointement à ce qu'avait été notre vie préparentale, la faveur d'une nuit de sommeil, le silence lénifiant d'une maison assoupie et les charmes révolus d'une vie sexuelle qui, sans faire partie des plus exotiques ou spectaculaires, restait (autant que je puisse m'en souvenir) plutôt abondante et agréable. Inversement à notre couple, l'œuvre était demeurée longtemps endormie au fond de ma table de nuit.

2

Ce lundi matin (sept mois avant que je ne devienne un assassin), j'arrivai au magasin en retard et déjà exténué. Marcel nous avait fait sa énième otite et notre nuit, comme de nombreuses autres depuis sa naissance, n'avait été que la pénible continuité d'une journée déjà sérieusement ternie par ses crises de colère coutumières. Tout le monde était depuis longtemps au travail. Je traversai le parking à petite foulée, pas uniquement en raison de l'heure tardive, après tout, j'étais cadre, mais plutôt pour limiter mon exposition au vent glacial qui soufflait depuis plusieurs jours. À l'intérieur, le bureau des chefs de secteur était désert à l'exception d'Élyse.

Élyse Vinly ! Cheffe de secteur caisse. La quarantaine décadente. Avait-elle, un jour, été jolie ? Mignonne ou simplement baisable ? J'en doute. Était-elle encore baisée, d'ailleurs ? Ça aussi, c'était peu probable, ou alors mal. Une chevelure moyennement longue (ou moyennement courte, si vous préférez) d'une immonde couleur blond pisse encadrait son visage aux traits grossiers et infestés de tics nerveux. La nature faisant bien les choses, ce physique particulièrement ingrat était complété par un tempérament tout aussi repoussant et une fâcheuse tendance à se mêler de ce qui ne la regardait pas. Si, au moins, ses ingérences intempestives avaient bénéficié d'une forme de pertinence quelconque, mais chacune de ses interventions prêtait à penser qu'il eût été préférable qu'elle s'occupe d'abord de son cul. En la matière, et considérant la surface presque insolente de celui-ci, elle eut d'ailleurs de quoi très largement se consacrer. En résumé, et parce que les meilleures choses ont une fin, je peux dire que je n'avais jamais rencontré une personne aussi conne.

À cette époque, et contrairement aux apparences, j'éprouvais pour elle une réelle pitié. Elle était malheureuse dans sa vie. Pouvait-on seulement parler de vie ? Son mari, depuis de nombreuses années, la délaissait et peut-être même la trompait et ses enfants n'avaient pas l'air de la porter dans l'estime à laquelle son statut de mère pouvait les inviter. En tout cas, c'est ce qui m'avait frappé lorsque l'opportunité nous fut donnée de nous rencontrer en dehors de l'arène qu'était devenue pour nous l'enceinte du magasin. Même là, elle m'était apparue d'une incommensurable connerie.

Pour le reste, il était important de lui reconnaître une certaine efficacité professionnelle, peut-être due à la crainte qu'elle inspirait à l'ensemble de ses subordonnées. La ligne de caisses ne mouftait pas, les erreurs étaient rares et une discipline ascétique régnait au sein de son équipe. Malgré moi, je ne pouvais que convenir, par l'analogie de nos méthodes, à une forme de fraternité dans la *fils-de-puterie*. Notre seul autre point commun étant que, tous deux, nous étions arrivés à nos fonctions respectives par le plus grand des hasards.

C'est après un bac L obtenu avec mention *bien* qu'un court cursus en lettres modernes et une ambition démesurée pour la littérature m'amenèrent naturellement vers un poste de vendeur en grande distribution. Il s'agissait d'une enseigne nationale de magasin de bricolage dans lequel, disait-on, *il y avait tout ce qu'il fallait*. J'avais vingt-cinq ans, besoin d'argent et commencé à cultiver un trop grand nombre de désillusions pour un jeune homme de mon âge. Ça, c'est ma mère qui le disait.

Pourvu d'une verve fracassante et d'une absence totale d'empathie, je m'étais toujours autorisé à exprimer, à peu près, tout ce que je pensais à presque n'importe qui avec une percutante lucidité (en un mot, j'étais un véritable connard). J'avais donc très vite été auréolé d'une réputation de leader. En moins de temps qu'il n'en fallut pour le dire, j'avais été promu chef de rayon et, presque aussi rapidement, chef du secteur *sanitaire, outillage* et *bâtiment* du magasin. Il fallait admettre que j'avais réussi à élever mes talents pour *l'enculerie* au rang d'art, ce qui m'avait valu unanimement le statut d'homme à craindre et à respecter, voire à sucer pour les plus asservis. D'une manière générale, j'étais plutôt détesté, mais les résultats remarquables que j'obtenais m'avaient permis de me faire un certain nom dans mon domaine et surtout de maintenir ma légitimité, malgré les remontrances répétées de ma hiérarchie, résolument tournée vers des modèles de management, disons, plus conventionnels.

Le leadership est une qualité naturelle rare que je ne possède pas. J'avais été un excellent vendeur. Peut-être même avais-je préféré cette fonction à celle d'encadrant. Il est plus facile de refourguer n'importe quel matériel inutile au premier bricoleur du dimanche qui croit que l'outil fait l'artisan que de motiver une équipe de vingt sept vendeurs aussi inintéressants que désintéressés.

J'eus quelquefois dans ma carrière l'occasion de rencontrer des personnes que l'on pourrait qualifier de *Chefs* au sens naturel du terme. J'avais été fasciné par leur faculté à fédérer sans que ça ait l'air de leur coûter une énergie considérable et n'avais jamais vraiment compris d'où émanait une telle disposition. Des hommes pour la plupart. Loin de moi l'idée que les hommes soient supérieurs en quoi que ce soit aux femmes. Je suis depuis toujours hermétique à toute forme de sexisme. Pour moi, la médiocrité n'a pas de genre, et la bêtise, encore moins. C'est un simple fait. Peut-être dû au hasard ?

Pour la lourde majorité des autres accédant à la sainte fonction, deux catégories se distinguaient très nettement. D'un côté, les incompétents ; de l'autre, les enculés. À l'instar de celle des vrais chefs, une seule obtenait des résultats. J'avais dès le début de ma carrière choisi mon camp.

Son immonde cul pachydermique enfoncé entre les accoudoirs d'une courageuse chaise de bureau (façon filet mignon, en moins appétissant), Élyse me laissa à peine le temps d'ôter ma veste. Avec la délicatesse qui la caractérisait, elle me cueillit aussitôt que je fus à portée de voix.

— Tu as vu Thierry, ce matin ?

Thierry, notre aimé directeur de magasin. Un mou du gland qui n'avait d'autre mérite que de me coller une paix royale et qui semblait apprécier mes qualités d'animateur de réunion. Je crois que je le faisais marrer. Il était également possible qu'il admirât ce sens de la répartie qui lui faisait tant défaut. En tout cas, il ne faisait pas partie de cette frange hiérarchique que mes méthodes excédaient et me manifestait même une surprenante sympathie.

— Qu'est-ce que ça peut te foutre ?

J'y étais allé un peu fort pour un lundi matin, mais malgré la pauvreté de mon argumentation, j'avais eu le mérite de marquer le premier point de la semaine. À partir de là, j'envisageai deux possibilités. Soit Élyse montait au créneau et poussait la joute à un paroxysme beaucoup trop précoce, soit elle stoppait immédiatement l'escalade et s'avouait vaincue jusqu'au week-end.

L'absence de réponse aurait pu me faire croire qu'elle avait choisi la deuxième option, s'il n'y avait eu ce machiavélique et non moins inquiétant sourire.

3

Inquiet, c'était bien la manière dont me regardait Dylan et peut-être aussi mon état d'esprit en constatant l'ampleur des dégâts. Dylan, c'était un gentil gamin. Autrement dit, je n'avais aucun contentieux avec lui (ni aucune ambition pour lui, d'ailleurs). À la rigueur, une légère inimitié pour ses demeurés de parents et leurs goûts plus que douteux pour les prénoms (on n'appelle pas son enfant Dylan impunément). Malgré son prénom de merde, j'appréciais ce jeune homme. Il était simplement là où il devait être et faisait assez correctement et surtout discrètement son travail. En bref, c'était un collaborateur plutôt efficace ; terminologie qui m'avait été intimée par un entretien RH récent pour remplacer mes habituels *larbins, crétins, tapettes*. Je précise dans un souci de ménagement des susceptibilités que je n'ai pas plus de griefs pour la communauté homosexuelle que pour les femmes, comme expliqué précédemment, mais plutôt une indifférence totale pour l'utilisation que font les gens de leurs orifices. En réalité, je me fous d'à peu près tout et de tout le monde. Mis à part mes très proches, mes contemporains me sont aussi insignifiants qu'une colonie de pucerons, et ce qu'ils soient musulmans ou amateurs de cochon et de bon vin, homosexuels ou hétérorigides, bronzés ou livides, néopunk ou électro-psyché, blancs, noirs, jaunes, verts ou unijambistes. Tous, à mon avis, simplement et humainement cons. J'avais d'une manière plus certaine un vrai problème avec l'espèce.

Après avoir fini de partager l'expression de notre sympathie, j'abandonnai Élyse et descendis rapidement sur la surface de vente. Je n'avais pas fait trois pas dans le magasin que la nouvelle m'était déjà parvenue, diligemment colportée par deux hôtesses de caisse aussi estimées que leur mante religieuse de cheffe. Coralie et Ariane. L'une plutôt grosse, l'autre assez mince, toutes les deux très connes. Coralie avait, il faut bien l'admettre, une certaine forme d'aura (autant qu'une caissière de grande surface pouvait en avoir). Ariane, aux formes assez avantageuses, était affublée d'une gueule à faire débander n'importe quel violeur en série, fut-il sorti d'une peine de 25 ans d'emprisonnement. Aussi fade que cruche, elle nageait continuellement dans le sillage de Coralie, comme un poisson-pilote agglutiné à un grand requin blanc.

Je débouchai aussitôt dans l'allée *peinture/décoration* qui n'avait plus rien d'un rayon. Au regard des litres répandus sur le sol, on pouvait encore distinguer qu'il y avait été question de peinture. Pour la décoration, à part l'aspect œuvre abstraite d'un artiste névrosé, on ne percevait plus vraiment la notion qu'exprimait l'attribut. À l'extérieur, côté *bâti*, la scène n'était pas beaucoup plus réjouissante. Les ridelles qui avaient soutenu le stock de madriers, de poutres en vingt/vingt et de chevrons étaient complètement effondrées. Le choc avait été tel que la paroi de tôle du magasin était littéralement éventrée. De l'endroit où je me trouvais, on pouvait apercevoir le pathétique spectacle de l'ancien rayon décoration que l'on pouvait dorénavant qualifier de chaos multicolore.

Fort heureusement, la maladresse de Dylan n'avait fait aucun blessé (de façon subsidiaire, aucun mort non plus).

— Dis-moi, Dylan. Ta connerie, tu y travailles dur ou c'est quelque chose d'inné chez toi ? Putain ! C'est quoi ce bordel ?

Il va sans dire qu'il était inutile d'en rajouter. Le jeune abruti se tenait devant moi, grelottant de froid, les bras ballants et les yeux dans ses chaussures de sécurité.

— J'ai rechargé les racks… Un peu vite… J'avais pas de visibilité avec le chargement et on n'est pas assez nombreux avec l'arrêt de Seb et les vacances de…

— Ferme-la ! On va en reparler, petit con ! Maintenant, il faut que j'explique toute cette merde à Thierry ! Tiens-toi à carreau en attendant et remets pas un pied sur un Fenwick !

Comme pour valider mon propos, une voix diaphane et omniprésente s'éleva des haut-parleurs du magasin.

— Le chef de secteur Adam Armand est attendu dans le bureau du directeur.

Moins de trois minutes plus tard, j'entrai dans le bureau de Thierry. Réunion au sommet. Devant lui se tenait la plus magnifique brochette de trous de balle que j'avais été amené à contempler. Tous les cadres étaient présents. La raison de ce rassemblement ne m'apparaissait pas franchement, mais une hostilité tangible flottait dans l'air. Un silence malsain régnait au sein de la petite assemblée et tous les regards convergèrent vers moi, dès mon entrée.

— Vous m'attendiez ?

Mon introduction ne fit rire personne. Ce n'était de toute façon pas mon intention. Je souhaitais plutôt afficher mon détachement, montrer que j'étais prêt à en découdre, que tous ces débiles profonds sachent bien que je n'en avais rien à foutre de leur avis sur la situation en particulier et sur mon compte en général. Et peut-être aussi pour les faire chier.

Je m'étais assis sur l'unique chaise libre de la pièce, à peu près au centre du groupe qui faisait face à Thierry. Je ne comprenais toujours pas ce que cette bande de lèche-culs venait faire dans cette histoire. J'envisageais assez facilement une sorte de curée, une corrida ! Ces charognards étaient venus simplement se repaître de ma mise à mort. Mais pourquoi Thierry, qui semblait à peu près m'estimer, les avait-il conviés ?

— Bon ! Puisque tout le monde est là, nous allons pouvoir commencer.

Il avait balayé du regard l'assistance en évitant soigneusement de croiser le mien. Étais-je devenu soudainement invisible ou se sentait-il morveux au point de craindre de me regarder dans les yeux ? Il prit le ton jovial et surjoué d'un mauvais présentateur télé.

— Alors… Si nous sommes tous réunis, c'est parce qu'Élyse a tenu à ce que tous les cadres soient présents.

Il avait prononcé cette phrase comme un aveu honteux, cette fois en me fixant intensément. C'était donc ça ! La veuve noire aspirait à une exécution publique. Mon supplice ne lui suffisait pas, elle voulait que le plus grand nombre me vît tomber.

Il me semble important d'ajouter qu'Élyse disposait d'une autorité indiscutable concernant tout ce qui touchait à la comptabilité du magasin. Au-delà du pouvoir que sa qualité de cheffe caissière lui conférait sur le sujet, je crois aussi que Thierry la craignait et se couchait au moindre de ses claquements de doigts.

— C'est pas toi qui commandes dans ce bouclard ?

Ma question avait fait mouche. Tous me regardaient, incrédules, et particulièrement Thierry. J'avais beau être une véritable enflure, j'avais toujours pris soin d'aplanir, autant que possible mes allégations lorsqu'il était question de ma hiérarchie. Il ne s'agissait pas d'un manque d'envie. Une sorte d'instinct de survie m'en avait toujours dissuadé. Il faut dire aussi que je n'avais jamais été du genre loquace. J'avais toujours pensé que la parole ne devait servir à rien d'autre qu'à exprimer des informations pertinentes, pondérées et donc potentiellement rares. Au lieu de ça, la plupart des gens, selon moi, ne l'utilisaient que pour vomir sans discernement à peu près tout ce qui passait par leurs cerveaux dégénérés. J'avais toujours estimé qu'à cause de ça, la parole perdait infiniment de son intérêt, les renseignements essentiels étant rapidement noyés dans la chiée de conneries qu'elle dispensait. À trop parler, on ne se faisait finalement plus entendre.

Parmi tous ces spécimens qui débitaient plus vite que leur esprit était capable de penser, les plus surprenants, pour moi, étaient ceux qui ne faisaient que parler d'eux-mêmes. Ce qui était parfaitement déroutant, c'était d'observer à quel point ils pouvaient être appréciés (en général). Peut-être était-ce dû à une forme de naïveté inoffensive. J'avais constaté que souvent, la plupart des gens se foutaient allègrement de ce qu'ils racontaient (et cela d'une manière atrocement flagrante), mais ils les écoutaient malgré tout, avec une curiosité bienveillante, un étonnement candide devant leur incapacité à prendre conscience de l'inintérêt général de leur propos. À dire vrai, j'étais convaincu que tout le monde se réjouissait secrètement d'avoir trouvé plus con que lui, ce qui méritait, sinon un peu de temps perdu, au moins un minimum de sympathie.

La nature m'ayant largement lésé dans la distribution de cette qualité, j'en avais toujours fait (comme de ma parole) un usage extrêmement parcimonieux. De fait, en l'absence presque totale de ces démonstrations et même une tendance à exprimer mon ennui d'une manière fort peu subtile, peu de gens se risquaient à venir m'emmerder avec les histoires de leurs vies insipides et sans intérêt. Cet état de fait m'avait toujours beaucoup convenu et on peut dire qu'il me reposait. Pour ma part, quand je commençais à l'ouvrir, il était rarement question d'affabilité. Cette fois ne fit pas exception. Profitant de l'inertie provoquée par ma question, j'enchaînai directement en interrogeant Élyse.

— Tu ne crois pas que tu as autre chose à faire que de venir me chier dans les bottes, aujourd'hui ?

Élyse continuait d'arborer son irritant petit sourire.

— Je ne pense pas, non.

Manifestement, elle se réjouissait, elle se gavait, même. Le plaisir qu'elle retirait de ma situation était palpable.

— Tu as raison. Ne pense pas. C'est sûrement ce que tu sais faire de mieux.

Son sourire avait disparu. Conformément à mes méthodes, j'avais utilisé un ton parfaitement neutre et une voix calme et détachée. Je ne m'exprime, en général, que de cette manière. Selon moi, celui qui parle fort ou beaucoup (parfois les deux) a perdu. Un seul uppercut peut provoquer le KO. Le reste n'est que gesticulation stérile ; dépense d'énergie inutile. J'ai toujours été très économe.

Pour les autres, aucun n'avait l'air de vouloir s'opposer d'une quelconque manière, chacun ayant choisi un point de fuite lui évitant d'avoir à regarder dans ma direction. Mon pied dans l'entrebâillement, je n'avais plus qu'à pousser la porte.

— Notre responsabilité pénale ne peut pas être engagée. Dylan a son CACES, c'est lui le responsable. Je propose de le virer sur-le-champ et, pour le reste, les assurances feront leur boulot. Après tout, on les paie pour ça.

L'absence de réponse et de réaction en général, m'invita à penser que mon exposé ne souffrait pas de commentaires.

En effet, l'utilisation de chariot élévateur, plus communément appelé Fenwick par l'ensemble des salariés, nécessitait des autorisations précises. Le directeur décidait soit de les octroyer de manière individuelle (plus clairement, il permettait au coéquipier de conduire ce type d'engins dans l'enceinte du magasin, bien sûr, sous sa responsabilité), soit, dans son immense mansuétude, il pouvait aussi offrir aux conducteurs de ces chariots le permis CACES, ce qui avait pour effet de consolider l'expertise de ses collaborateurs, signifier une certaine gratitude pour leur excellent travail et surtout transférer la responsabilité de tout accident, du directeur et du cadre intermédiaire vers le salarié. Pas très chevaleresque, c'est vrai, mais la fin ne justifie-t-elle pas les moyens ?

Thierry, qui avait abandonné son ton de présentateur télé pour celui du moutard pris en flagrant délit de chapardage, rompit le silence qui commençait à se faire particulièrement lourd.

— Nous étions justement en train d'en parler avant que tu n'arrives… On en était venus aux mêmes conclusions. La réunion ne concerne pas vraiment ce sujet.

Las, il se tourna vers Élyse qui affichait à nouveau son air satisfait. Elle gonfla son immonde poitrine et se lança dans l'explication que Thierry, avachi sur sa chaise, n'avait de toute évidence plus la force de nous donner.

— On a clôturé l'inventaire ! La semaine dernière.

Il s'agissait donc de ça. Rien qui ne pouvait m'inquiéter en l'occurrence, ma gestion et celle de mes chefs de rayon étant irréprochables. Bizarrement, je n'éprouvais pas la quiétude que devaient me procurer mes certitudes. Quelque chose clochait. Habituellement, les résultats d'inventaire étaient donnés par mail à chacun des cadres du magasin. Pourquoi cette réunion exceptionnelle ? Est-ce que cela avait rapport avec l'entreprise externe à laquelle on avait confié cet inventaire ? Ordinairement, c'étaient nos équipiers qui procédaient aux comptages. La maison mère avait décidé, depuis cette année, de déléguer ce travail à des entreprises spécialisées. Sans savoir pourquoi, je commençais à pressentir le début des emmerdes. Élyse reprit.

— Il y a quelqu'un qui fait sortir de la marchandise !

Ma règle d'or de ne l'ouvrir que pour quelque chose de valable m'avait un instant échappé.

— D'accord, et en quoi dois-je me sentir concerné ?

Tous se tournèrent à nouveau vers moi. Mon arrogance n'était pas au goût de ces laquais. Je me croyais suffisamment à l'abri pour m'offrir le luxe de la vanité, mais j'étais loin de la réalité. C'est ce moment qu'Élyse choisit pour me le foutre dans la gueule.

— Parce qu'il s'agit de ton secteur, Ducon !

4

Ma vie n'avait rien de particulièrement exaltant, vous en conviendrez. Il s'agissait d'une vie agréablement banale ; jusqu'à ce jour. Je crois bien que c'est exactement là que tout a commencé, enfin, commencé à se casser la gueule. Bien sûr, rien à cet instant ne présageait de la descente aux enfers qui allait suivre, et même dans la chute, il y eut de véritables moments d'allégresse, presque de la joie, mais à bien y regarder, l'issue ne pouvait être différente.

Le soir, en rentrant dans notre charmante petite maison de banlieue, j'avais trouvé Estelle assise sur le bord de notre lit, égarée dans la lecture de mon roman. J'avais pénétré dans la chambre, inquiet par le calme qui y régnait. Estelle avait levé les yeux vers moi.

— … Je… J'étais en train de faire un peu de vide… Tu sais ? J'ai pensé que je pourrais faire du tri dans ta table de nuit…

La manière dont elle me regardait me paraissait étrange. Elle ne m'avait plus regardé ainsi depuis longtemps.

— Tu ne m'en veux pas, hein ?

Comment pouvais-je lui en vouloir ? Estelle, c'était un peu mon alter ego. Plus précisément, elle rassemblait toutes les qualités qui me faisaient défaut (sans jeu de mots).

Nous nous étions rencontrés pendant nos années de fac. Elle la solaire, moi le gros con (déjà). Ça avait marché immédiatement. J'étais tombé instantanément amoureux d'elle. Ça a l'air de vous surprendre ? Mais oui ! Vous l'aurez compris, j'avais déjà tout du parfait connard, mais je n'étais pas complètement monstrueux. Malgré tous nos efforts, la perfection nous reste éternellement inaccessible.

Nous nous étions rencontrés sur l'esplanade de sa fac de droit. 21 juin 1997. Un groupe de grunge dégueulasse reprenait du Nirvana… Habituellement, je ne traînais jamais aux abords de la fac de droit. J'étais un littéraire, à la limite de l'artiste ! Les étudiants en droit me paraissaient abusivement conformistes. Je ne les appréciais guère. Jusqu'à Estelle. C'était une connaissance commune qui nous avait tous les deux invités à applaudir le groupe dans lequel un frère ou un cousin s'acharnait sur une pathétique batterie qui n'avait rien réclamé. L'affligeant sosie de Kurt Cobain vomissait une version approximative de *My girl* lorsqu'Estelle m'avait naïvement demandé où j'étudiais. Je l'avais trouvée belle ! Belle comme un moustique fraîchement écrasé sur le mur blanc de ma chambre de cité U. Belle comme une prison finlandaise, une paire de menottes attachée à la tête de lit. Belle comme une visseuse/dévisseuse HILTI.

Et puis elle m'avait regardé comme elle me regardait à cet instant, assise au bord de notre king size. Et puis elle m'avait souri et le sol s'était dérobé sous mes pieds. La Terre s'était arrêtée de tourner autour du Soleil pour tourner définitivement autour d'Estelle, et très vite nous nous étions aimés, très vite, nous nous étions installés, et très vite, elle avait remplacé ma mère.

J'avais ensuite quitté la fac. Elle aussi. Elle était devenue professeur des écoles, moi *quincaillier*. Vous connaissez la suite. Assez vite, la maison, les amis (enfin, ses amis, je n'avais jamais été très doué pour créer du lien social). Et puis Marcel et elle au bord de notre lit à me répéter que mon bouquin est formidable, qu'il faut l'envoyer à des maisons d'édition, qu'elle croit en moi, en mon livre…

Mais réveille-toi, ma pauvre fille ! Si tu savais combien elles en reçoivent, des torchons comme le mien, les maisons d'édition. Qu'est-ce que tu y connais, toi, à la littérature ? Si notre éternel loto du samedi soir ne te suffit plus à rêver, retourne à la messe ou écrit au père Noël, mais s'il te plaît, arrête de me faire chier avec ces foutaises.

Une fois n'est pas coutume, elle avait encaissé sans rien dire. Sacrée boxeuse Estelle. Elle savait prendre des coups. Malheureusement, elle n'avait jamais su en donner… Un ange.

Elle s'était excusée et j'ai cru qu'elle avait définitivement décidé d'oublier toutes ces conneries… Bien sûr, n'importe qui aurait oublié. N'importe qui se serait enchanté de voir mon travail gâché, n'importe qui se serait ravi de me voir passer à côté de la lumière et peut-être bien pire pour certains. Pas Estelle. Estelle, c'était un ange, mais un ange têtu. Pour l'instant, je me demandais simplement pourquoi je lui avais parlé comme ça. Pourquoi je lui parlais toujours comme ça ? Je l'avais suivie du regard lorsqu'elle avait religieusement rangé le manuscrit dans ma table de nuit. Je l'avais suivie du regard lorsqu'elle avait quitté la pièce. Je crevais d'envie de lui présenter mes excuses, de la prendre dans mes bras, de l'embrasser comme quand nous étions jeunes et beaux. De lui dire que je l'aimais, que je l'avais toujours aimée et que j'étais un con. Je n'avais rien fait et je m'en voulais. Cela aurait-il changé quelque chose ? Ses blessures étaient nombreuses et profondes et elles étaient toutes de ma faute. Elle n'avait jamais mérité ça… Moi, si !

Avant de quitter la pièce, elle s'était retournée vers moi. Son sourire était triste. Enfin, comme si nous n'avions jamais eu cette conversation, elle me dit :

— Au fait, j'ai été inspectée aujourd'hui… Ça s'est très bien passé !

5

1 jour, 17 heures et 12 minutes après l'enlèvement

Aurélie reprit une allure normale. Elle avait d'abord roulé comme si la vie de Théo en dépendait. Peut-être arriverait-elle à temps pour l'embrasser avant qu'il n'aille au lit ; prendre sa bouffée de Théo, comme l'apnéiste, de retour à la surface, reprend sa première bouffée d'oxygène ; se perdre dans cette étreinte étouffante, se noyer dans cette odeur si particulière, plus vraiment de nouveau-né et pas encore de jeune garçon. Une odeur de savon de Marseille, de crème dessert au chocolat, une odeur de marelle, de cour de récréation, de match de foot avec les copains, une odeur d'enfance, innocente et rassurante.

Elle s'était fait arrêter à quelques rues de la maison et s'était vue remettre une nouvelle contravention pour excès de vitesse. Elle s'en voulait. Moins d'avoir perdu un autre point sur son permis, déjà bien entamé, que de ne pas avoir eu l'audace d'un « je suis de la maison ».

Pourtant, elle avait toujours trouvé que ça avait de l'allure, et puis tout le monde le faisait, après tout ! Pourquoi n'y arrivait-elle pas ? Par déontologie ? Par timidité maladive ? Par bêtise ? Maintenant, c'était certain, elle ne verrait pas Théo. Encore une fois… Elle se dit que Julien lui en tiendrait rigueur. Il n'avait jamais compris les raisons qui l'avaient poussée à vouloir être flic. Il comprenait encore moins qu'elle se tue à la tâche pour rattraper son traîne-savate de collègue. Il avait cependant une idée sur la question.

— Tu transfères, ma chérie ! C'est le manque de ton père qui te pousse à trouver des figures paternelles partout. Quand c'est moi, je dis rien, mais ça m'ennuie qu'il profite de toi parce que tu vois en lui le père que tu n'as pas eu ! Pourquoi lui, d'ailleurs ? C'est un fainéant doublé d'un incapable, tu en conviens toi-même !

— N'importe quoi ! Je ne transfère rien du tout ! Et c'est pas que ça, Julien ! C'est aussi un brave type et… il a souffert… Et puis ça ne s'explique pas, je l'aime bien, c'est tout !

Le sujet était sensible et intrusif. Aurélie détestait lorsqu'il s'invitait dans leurs discussions. Julien n'insistait pas sur le caractère inconscient du mécanisme, mais pour lui, ça ne faisait aucun doute. Aurélie était une sentimentale, un cœur tendre. Rien à voir avec l'image de flic implacable qu'elle se donnait. Une fille gentille… C'est ce qu'il avait vu en elle la première fois. C'est même ce qui l'avait séduit. Il la voyait en « Heidi ». Elle, se prenait pour « Sarah Connor ».

C'est encore Julien qui avait raison. Julien avait *toujours* raison. Elle l'avait aimé pour ça. Il était brillant, protecteur, paternaliste, évidemment… Au fond, elle savait que Julien disait encore vrai. Elle « transférait ». Elle savait aussi que sa relation avec Harry était un peu plus qu'une simple collaboration professionnelle. Ni Harry ni elle ne l'avoueraient jamais, mais elle percevait une sorte de lien entre eux. Elle imaginait que Harry la voyait comme la fille qu'il aurait aimé avoir. Elle le comprenait… Il transférait…

Aurélie se gara dans l'allée du petit pavillon de banlieue. Le freinage un peu brusque fit hurler les graviers et basculer le contenu de son sac à main posé sur le siège passager. Elle le ramassa à la hâte. Elle y croyait encore. Elle avait atteint la porte d'entrée en courant lorsque ses clés lui avaient échappé.

— Merde ! C'est pas possible d'être aussi maladroite !

Elle ramassa fébrilement le trousseau et ouvrit la porte. La maison était bien trop calme et son optimisme l'abandonna instantanément. Elle appela :

— Julien !

Julien apparut en haut de l'escalier. Il avait posé son doigt devant sa bouche et chuchoté :

— Il dort.

Aurélie sentit le désespoir peser un peu trop lourdement sur ses épaules et contrôla une intolérable envie de pleurer. Elle était flic. Elle devait maîtriser ses émotions.

Julien descendit silencieusement l'escalier tandis qu'Aurélie déposait lentement ses affaires à terre, dans le couloir de la maison. Elle s'attendait à une sévère engueulade. Plus que ça, elle s'y préparait. Elle ne se laisserait pas faire. Pas cette fois.

Julien arriva à sa hauteur. Elle le regarda avec suffisance. Julien ouvrit les bras et l'étreignit avec force. Aurélie se mit à pleurer… et se sentit idiote.

— Désolé, ma chérie, j'ai retardé le plus longtemps possible, mais…

— C'est pas grave. Merci quand même.

Aurélie s'extirpa des bras de Julien. Elle essuya le rimmel qui ruisselait sur ses joues et esquissa un timide sourire sur son visage fatigué.

— Je vais me coucher. Je suis crevée.

— Tu n'as pas faim ? Il reste des lasagnes.

— Merci. Je vais grignoter un peu, alors.

Aurélie et Julien se dirigèrent vers la cuisine. Aurélie s'installa sans un mot. Julien la servit et s'assit en face d'elle. Ils se taisaient. Seul le bruit des couverts qui s'entrechoquaient emplissait l'espace silencieux.

— Il faut que tu lèves le pied, Aurélie. Tu peux pas continuer comme ça ! C'est qu'un boulot…

— Je sais, Julien.

Elle le savait, mais elle ne le ferait pas. Ce travail, c'était trop important. Elle se démenait pour devenir l'inspectrice que son père aurait aimé qu'elle soit. En tout cas, elle le croyait.

— Au moins, arrête de t'occuper des affaires de ton fainéant de collègue !

— Julien ! S'il te plaît !

Il avait encore une fois raison. Mais ça non plus, elle ne le ferait pas. L'enquête qui avait été confiée à Harry ce matin-là l'intriguait. Avant de lui remettre le dossier, elle en avait étudié quelques éléments. Guérin lui avait pourtant dit qu'il s'agissait d'une enquête anodine : une femme avait pris les voiles. Guérin pensait qu'elle s'était simplement barrée et que Harry la retrouverait internée dans moins de deux jours. C'est vrai qu'au premier coup d'œil, rien ne pouvait laisser croire à une affaire sérieuse. Une femme qui craque et qui part en vadrouille, ça arrivait, surtout avec un tel mari. C'était lui qui avait averti la police de la disparition de sa femme, mais on sentait bien que ça ne le touchait pas plus que sa première paire de baskets. En l'écoutant, on avait cette sensation étrange qu'il s'en réjouissait presque. Drôle de bonhomme, quand même… En soi, l'affaire n'avait rien de particulièrement inquiétant. Ça ressemblait à une enquête pourrie. Comme toutes celles qui arrivaient sur le bureau de Harry : Guérin filait toujours les affaires pourries à Harry. Aurélie pensait que c'était pour ça qu'il ne trouvait plus d'intérêt à son travail. Malgré tout, il les réglait, ces affaires dont personne ne voulait. Mais ça, évidemment, personne ne le lui rendait, à Harry.

Mais il y avait autre chose… Une intuition qui taraudait la jeune inspectrice. Malheureusement, rien qui puisse convaincre Guérin. Celui-là, il en fallait pour l'attendrir. En tout cas, Aurélie s'interrogeait. Personne ne « se barre » comme ça sans raison valable, sans élément déclencheur. Encore une fois, il n'y avait rien dans le dossier qui le justifiait. Elle espérait bien creuser un peu et, qui sait ? Peut-être encouragerait-elle Harry à résoudre une vraie enquête…

6

Les semaines qui suivirent, j'avais été amené à licencier ce pauvre Dylan. Nous avions réussi à lui faire assumer l'entière responsabilité de l'accident. Le motif était simple : faute lourde par conduite dangereuse de chariot élévateur. Il m'avait donné l'impression d'être sincèrement anéanti par son délestage. Il avait gémi, il avait chialé, il avait supplié, il m'aurait offert son cul si mon appétit vénérien m'y avait disposé.

J'aurais été à deux doigts de verser une larme si j'avais été capable d'éprouver un minimum de pitié, mais même en me concentrant, je n'avais réussi à ressentir qu'une fulgurante envie de le gifler. J'avais fait mon boulot. Dylan, en bon bouc émissaire, disparaissait avec le dossier brûlant de l'accident. Le magasin avait miraculeusement cicatrisé et le traumatisme n'était plus qu'un lointain souvenir. J'étais à nouveau à l'abri. Demeurait l'épineuse affaire de vol. J'avais secrètement mis au courant mes chefs de rayon.

— On sait, m'avait avoué Karine.

Karine, c'était ma responsable du rayon outillage. Une très jolie fille. Quand je dis une jolie fille, comprenez qu'elle n'avait pas qu'un cul à faire tomber une armée de cardinaux et des traits si harmonieux qu'il paraissait impossible de garantir l'absence d'éventuelles interventions chirurgicales. Il émanait de Karine quelque chose d'étrangement envoûtant. Je l'avais d'ailleurs embauchée pour ça. Elle s'était ensuite avérée particulièrement douée. Karine avait transcendé mes méthodes, devenant une sorte de double féminin. Une vraie peau de vache. Pour elle, il s'agissait moins de faire sa place dans un milieu encore très masculin que de s'assurer une sorte de protection face aux avances répétées de nombreux prétendants.

Victime de sa beauté, elle avait souffert trop longtemps de son statut de femme fatale. Le drame de sa vie sentimentale avait été que pour chacun des hommes qui avait eu le loisir de partager un moment de sa vie, elle n'avait jamais représenté autre chose qu'une gageure. On ne faisait pas sa vie avec une Karine. Il s'agit là d'une considération purement masculine, mais lorsqu'on a la chance de séduire une telle fille, on l'exhibe d'abord comme un trophée et l'on découvre que l'admiration provoquée par cette exposition se transforme rapidement en jalousie et finit par devenir de l'ambition, pour les plus téméraires. On comprend alors qu'il est préférable de céder son titre, comme le ferait un boxeur en fin de carrière, plutôt qu'attendre qu'un challenger audacieux vienne effrontément nous destituer. On prend sa retraite et l'on remet simplement le titre en jeu. On trouve ensuite une plus moche (pas trop quand même), on l'épouse et on lui fait des gosses… On n'oublie jamais vraiment une Karine, comme on ne peut oublier les gloires sportives révolues, mais on passe à autre chose ou l'on devient fou.

Il existait certainement quelques exceptions suffisamment éprises pour contrevenir à cette règle, mais Karine n'avait jusqu'ici jamais rencontré ce type d'hommes. C'étaient sûrement ces nombreuses déceptions sentimentales qui l'avaient poussée à devenir lesbienne.

Je savais, malgré ça, qu'elle avait gardé une certaine appétence pour les attributs masculins (uniquement lorsqu'il était question de sexe). Elle avait, envers moi et surtout au début, fait preuve d'une forme d'attention équivoque peu subtile. Je n'avais néanmoins jamais réussi à m'abaisser à l'adultère. Ç'aurait été facile, pourtant. L'intérêt qu'elle me portait résidait presque exclusivement dans l'utilisation hypothétique qu'elle envisageait de mon pénis. Pas de sentiments, pas d'emmerdes !

Malgré l'intérêt indéniable que représentait une relation avec Karine, je m'étais définitivement résolu à préserver mon amour-propre et, par extension, la survie de mon couple.

J'étais déjà suffisamment pourri avec Estelle. Il m'avait semblé inutile d'en ajouter avec une histoire de cocufiage…

… Et puis, je n'avais jamais vraiment éprouvé le besoin d'afficher de trophée.

J'avais fini par beaucoup l'apprécier. Au-delà de notre synergie professionnelle, nous partagions cette même vision de notre environnement humain. Tous des cons ; et nous deux… Je peux dire qu'elle était devenue une sorte d'amie.

Cette réunion secrète, c'était surtout pour Karine. Mes deux autres responsables de rayon m'inspiraient autant confiance que les camemberts hors d'âge que nous servait ma grand-mère : propres et solides à l'extérieur, mais liquéfiés et infestés de vers à l'intérieur. Karine m'avait observé avec une gravité et une colère sourde au fond des yeux.

— Les nouvelles vont vite dans ce magasin… Avec Coralie et Ariane, tout le monde est déjà au courant…

Rien d'étonnant jusqu'ici.

— Quand même, Karine ! Tu as vu les résultats ?

Elle partageait évidemment ma surprise. C'était pire que ce que je m'étais figuré lors de la réunion. Un gouffre dans lequel sombraient tous nos espoirs de primes de l'année et peut-être même de plusieurs autres. Il paraissait évident que ce manège durait depuis un moment. On allait décidément ramer pour rattraper ça.

Je leur donnai mes consignes. Il était entendu que notre entretien resterait scellé dans le plus complet des secrets. Pas de vagues, mais des résultats.

— Ouvrez l'œil et remontez-moi toute information qui pourrait m'aider à choper ce petit fumier. Je veux une tenue des stocks irréprochable, mais de la discrétion.

Que la direction soit intégralement avertie qu'un coéquipier arrondissait substantiellement ses fins de mois avec de la marchandise volée avait dû mettre notre homme dans un émoi proche de l'aliénation. J'avais pensé qu'il nous suffirait d'observer et de patienter.

7

La pluie s'abattait bruyamment sur le pare-brise de ma voiture. Je rentrais péniblement d'une longue et fastidieuse journée, Marcel dans mon rétroviseur et un embouteillage inextricable en guise d'horizon. Je m'étais, encore une fois, fait vilipender par l'ATSEM (Agents Territoriaux Spécialisés des Écoles Maternelles).

— J'ai une vie après le travail, Monsieur Armand ! Ça fait trois fois cette semaine !

Depuis son inspection, Estelle avait commencé à nourrir une implication un peu excessive pour son travail (ou était-ce notre dernier désaccord qui la poussait à tout mettre en œuvre pour éviter de me croiser ?). Elle passait de plus en plus de temps en réunion, préparation de kermesse, d'ateliers, de spectacle… Tout était bon pour que l'on ne se vît pas. Estelle rentrait de plus en plus tard, voire pas du tout, lorsque les réunions de l'équipe pédagogique se prolongeaient jusque chez une de ses collègues toujours prêtes à l'héberger pour la nuit. Manifestement, Marcel en souffrait. Il devait se contenter de moi comme unique référent parental. Le problème n'était pas que je sois particulièrement un mauvais père. En matière d'éducation, je faisais ce qui devait être fait, mais je n'y avais que très rarement éprouvé de plaisir. Je m'accrochais depuis toujours à cette image surannée du vieux modèle patriarcal. Un homme est un homme et une femme, une femme, chacun ayant un rôle à tenir dans la cellule familiale. Renier ce qui avait, depuis la nuit des temps, constitué l'essence de la famille représentait, à mon sens, une grave erreur de trajectoire. Diluer les particularités des genres ne risquait que de provoquer l'anéantissement pur et simple de l'individualité. Si nous ne sommes ni hommes ni femmes,

44

comme voudraient nous le faire croire les apôtres de la théorie des genres, nous ne sommes plus rien. Imaginez un parti politique fondant son unique légitimité électorale sur l'hypothèse de n'être ni de gauche ni de droite…

J'avais assez franchement envoyé l'ATSEM se faire foutre.

— Je vous paie, jusqu'à preuve du contraire ! Si j'avais voulu me laisser emmerder par une assistante maternelle, j'aurais mis mon gosse dans le public !

Nous avions, avec Estelle, fait le choix de l'école privée. Pas que nous soyons particulièrement contre le service public. Je pensais même que l'Éducation nationale recensait la meilleure fraction des fonctionnaires de notre pays, en tout cas la moins mauvaise. Nous ne pouvions, par contre, que regretter le manque délibéré de moyens attribués à ce ministère. Estelle préjugeait d'une forme de sabotage de notre État à l'encontre du plus important de ses budgets. Une sorte de privatisation lente et pernicieuse de l'éducation. Selon Estelle, en taillant les budgets, on poussait innocemment les contribuables à se tourner, pour des raisons évidentes de résultats, vers l'enseignement privé (pour ceux qui pouvaient), laissant progressivement l'école publique agoniser.

Mes excuses avaient laissé l'ATSEM dubitative. J'avais pris Marcel par la main et nous avions regagné la voiture sans un mot.

À l'arrêt depuis dix bonnes minutes, je m'étais perdu dans l'observation compatissante de sa tristesse. J'avais de la peine pour lui. J'aurais aimé faire plus pour cet enfant, mais il était évident que je n'étais pas doué pour ça.

— Tu veux manger une pizza ce soir ? Ou un McDo ?

— Un McDo ! s'était-il écrié.

— Comme vous voudrez, Monseigneur !

Son visage s'était éclairé. Ça ne remplaçait pas sa mère, il s'agissait d'un plaisir de substitution, mais j'étais heureux de le voir sourire.

— On regardera un dessin animé tous les deux !

— Oh oui ! *Pat'Patrouille*… Non ! *Robocar Poli*…

— Comme vous voudrez, Monseigneur…

Cette fois, la glace était définitivement rompue. La voiture redémarra et le silence se réinstalla quelques instants dans l'habitacle. Marcel regardait le paysage défiler avec lenteur.

— Elle ne m'aime plus, maman ?

Pour la première fois de ma vie, j'avais détesté ma femme. Je lui avais répondu que ce n'était pas lui qu'elle n'aimait plus, sans réussir à lui avouer que c'était moi. J'avais certainement eu peur qu'il me tienne responsable de son absence. Il n'aurait d'ailleurs pas vraiment eu tort. En définitive, en me livrant à l'omission, Estelle assumait ma part de responsabilité. En outre, je ne voulais pas gâcher notre soirée.

Mon téléphone avait sonné. J'avais répondu sans quitter Marcel du regard.

— Allô, Monsieur Armand ?

— Lui-même.

— Les éditions De la porte, je vous appelle concernant le dépôt de votre manuscrit.

Mon manuscrit ? Inutile de vous exposer l'état de stupéfaction dans lequel ces mots m'avaient placé. J'envisageai rapidement plusieurs scénarios possibles pour expliquer que mon bouquin ait mystérieusement atterri entre les mains de cet éditeur. Il était évident qu'Estelle était pour quelque chose dans cet étrange prodige. À cet instant, je ne savais plus vraiment ce que je devais éprouver pour elle. Cette maison d'édition ne s'était sûrement pas donné la peine de m'appeler pour me signifier un refus. À l'idée que mon livre puisse être édité, mes sentiments pour Estelle s'étaient miraculeusement adoucis.

— Je vous écoute.

— Oui… Eh bien, personnellement, je n'ai pas grand-chose à vous dire, mais monsieur Vandevelde souhaiterait vous rencontrer.

— Formidable ! Mais qui est ce monsieur Vandevelde, s'il vous plaît ?

Il y eut un léger flottement. Dans le rétro, Marcel se curait allègrement le nez tandis que la circulation s'était de nouveau arrêtée. De mon côté, j'avais déjà commencé à m'égarer dans mes spéculatives projections d'édition.

— Monsieur Vandevelde est le directeur de notre maison !

Le directeur de notre maison ! Elle m'avait renseigné avec la solennité d'un majordome anglais. Malgré une tentative grossière d'extorsion, je n'avais pas réussi à obtenir plus d'informations. Un rendez-vous avait été arrêté au lundi suivant et nous avions raccroché. Nous n'étions que jeudi et les jours qui me séparaient de cette entrevue promettaient d'être interminables.

La circulation avait doucement repris. Marcel avait terminé l'exploration de sa cavité nasale et mastiquait innocemment ce qu'il en avait très probablement extrait. J'avais secoué doucement la tête en me félicitant qu'il ne l'ait pas collé sur les sièges de l'Audi.

Nous avions ensuite achevé notre périple, perdus dans nos réflexions respectives. Marcel rêvait-il d'étreinte maternelle ou anticipait-il le dessin animé qu'il choisirait lorsque je lui soumettrais l'ultime dilemme entre *Pat'Patrouille* et *Robocar Poli* ? Pour ma part, je n'arrivais pas à oublier l'appel de la maison d'édition et le rôle potentiel d'Estelle dans cette providentielle conjoncture.

8

Le dimanche qui précéda le rendez-vous avec l'éditeur, nous eûmes l'immense plaisir de nous voir convier à déjeuner chez le tout nouvel homme de la vie de ma mère. Nouvelle année, nouveau beau-père.

— Tu verras, Adam, il est charmant ! Il va beaucoup te plaire.

En effet, il était charmant, à l'image de la plupart de ses prédécesseurs et, comme eux, nanti d'un statut social et d'un compte en banque à faire passer n'importe quel libidineux vieillissant pour un homme charmant. Pour le reste, elle se trompait. Il ne me plaisait pas beaucoup. Celui-là était très nettement au-dessus du lot. Magnifique maison, cave à vin extraordinaire, Jaguar garée dans l'allée pavée… Il était manifestement blindé et accessoirement architecte.

Nous prenions l'apéritif dans l'immense salon. Par la baie vitrée, nous pouvions apercevoir la piscine chauffée dégager une brume hospitalière. L'architecte nous abreuvait d'histoires de contrats à plus d'un million d'euros avec la pudeur d'un exhibitionniste pédophile dans une cour de récréation.

Malgré tous ses indéniables atouts, je ne donnais pas très cher de leur printanière idylle. Ma mère, en amour, avait l'endurance d'un asthmatique après un paquet de Marlboro.

Parmi ses innombrables conquêtes, très peu m'avaient laissé de souvenirs impérissables. Comment auraient-elles pu ? Les plus solides n'avaient que très rarement résisté plus de quelques mois et avaient systématiquement été évincés dès qu'un nouveau *charmant* plus neuf était apparu dans le collimateur de cette chasseuse pathologique.

Il y en eut un cependant qui réussit le miracle de la retenir quelques années. Il n'était pas particulièrement riche ni beau, d'ailleurs, mais je me souviens d'un chic type. Je l'avais beaucoup aimé et je crois que lui aussi. Il avait été le seul, à mes yeux, capable d'incarner une raisonnable image paternelle. J'avais 12 ans lorsque Hervé était entré dans notre vie. J'en avais un peu plus de 16 quand ma mère l'avait invité à aller se faire foutre. Retour à la case départ et à la valse frénétique des passions éphémères. Il m'avait vite manqué ; sa main posée sur ma nuque quand il m'emmenait au match de rugby du vendredi soir ; sa voix et ses paroles si douces et si rares ; sa présence silencieuse et rassurante dans sa vieille 305 qui nous ramenait du lycée alors que je venais de me faire remettre deux nouvelles heures de colle ; ses quelques mots :

— T'inquiète, mon grand, je dirai rien à ta mère. Ne te laisse pas emmerder par des cons de profs, ni par personne, d'ailleurs. Méfie-toi des gens qui se croient légitimes pour t'apprendre à vivre. Il n'y a que la vie qui peut le faire…

Je crois qu'il me manquait toujours.

Mon père, quant à lui, je veux bien sûr parler de mon géniteur, n'avait été qu'une des nombreuses victimes de l'instabilité sentimentale de ma mère, et moi, qu'un accident dans son parcours d'ogresse dévoreuse de bites. Elle l'avait évincé peu de temps avant ma naissance. Je ne l'avais jamais connu et ma mère ne m'en parla pas plus. Il est possible qu'elle l'eût complètement oublié.

Hervé avait refait sa vie. Nous avions entretenu des contacts sporadiques, puis nos échanges s'étaient imparablement espacés pour disparaître presque totalement. Il m'avait quand même appelé pour la naissance de Marcel.

— Je suis fier de toi, mon grand !

Un instant, j'avais eu l'impression que rien n'avait changé.

L'architecte s'appelait Sébastien. Il aurait tout aussi bien pu s'appeler Christophe ou Stéphane. Il est vrai que les prénoms Édouard ou Richard lui auraient concrètement mieux convenu. Pas uniquement à l'égard de leur consonance avec le mot «connard», mais aussi parce qu'il inspirait cette même petite bourgeoisie parvenue. Sébastien continuait de se répandre, ne nous laissant que peu d'espace pour exprimer notre vertigineuse admiration.

Dès que la bienséance me le permit, je m'éclipsai sur la terrasse, prétextant une irrépressible envie de fumer. Estelle ne m'avait pas adressé la parole de la soirée. Étrangement, j'en éprouvais une douloureuse frustration. Je crois que c'était l'objectif qu'elle s'était fixé et il faut admettre que c'était plutôt réussi. Ma mère m'avait rejoint. Elle avait allumé sa *Royale menthol*, collée contre mon épaule.

Ma mère ressemblait à Barbara. Elle avait les mêmes cheveux brun corbeau et ne devait pas être beaucoup plus grande. En tout cas, elle avait autant d'allure lorsqu'elle fumait ses Royales. Elle m'avait regardé avec les yeux saturés d'étoiles. Ou était-ce des dollars ?

— Alors ? Qu'est-ce que tu en dis ? Tu as vu la Jaguar ?

— Merveilleuse, maman !

— Et la piscine ! Tu as vu la piscine ?

J'avais vu la piscine, bien sûr, et l'idée de l'y noyer m'avait un moment traversé l'esprit.

— J'ai vu, maman. J'ai vu… Tu l'aimes ? Enfin… l'architecte, pas la piscine…

— Évidemment que je l'aime, qu'est-ce que tu veux dire ?

— Non, rien. Je ne veux rien dire.

Nous étions restés collés l'un à l'autre à entretenir mollement nos cancers. Dans un nuage de fumée mentholée, elle m'avait demandé :

— Ça va, toi ? Ça n'a pas l'air.

Une mère demeure une mère. Même la pire des garces garde la capacité à fouiller votre âme plus précisément qu'un sondeur bathymétrique fouille le fond des océans. Pour autant, elle était la dernière personne auprès de qui j'avais envie de me confier.

— Non. T'inquiète pas pour moi, maman. Profite de la piscine…

Je l'avais abandonnée dans les volutes de menthol et j'avais rejoint l'architecte qui continuait son monologue auprès d'Estelle au bord de la crise de nerfs.

La soirée se déroula tranquillement dans une sorte d'abstraction fastidieuse. La généreuse rhétorique de notre hôte nous maintint à l'abri de tout échange sujet à controverse. Pour le moment, je m'en félicitais, mais j'attendais l'instant où la confrontation (avec Estelle, principalement) aurait lieu.

Elle cachait difficilement son humeur abominable et son impatience face à la harangue de Sébastien qui ne semblait pas se rendre compte du malaise général. Ma mère s'était littéralement éteinte devant ses *Takoyaki* japonais. De mon côté, je tentais vainement d'éprouver un minimum de sympathie pour l'architecte. Malheureusement, le dandy mégalomane échouait lamentablement à m'inspirer autre chose qu'un ennui profond et un sentiment tenace de mépris. Le repas touchait laborieusement à sa fin et ma mère sortit prendre un peu l'air (comprenez : s'enfiler trois menthols), tandis qu'Estelle avait commencé à défaire les couverts pour les ramener à la cuisine. Je pris mon courage et une pile d'assiettes à deux mains et emboîtai le pas à ma chère épouse.

Estelle déposa son chargement sur l'îlot central. Elle ne prit même pas la peine de me regarder. La cuisine était gigantesque. Aussi grande que notre salon. Je me sentis soudain très petit et très seul.

— Qu'est-ce que tu veux ?

— Sympa, l'accueil ! On peut parler, non ?

— Parler ? Tu plaisantes j'espère ? On n'a jamais parlé en 18 ans de vie commune ! Tout ce que tu as été capable de faire, c'est me démolir à chaque fois que j'ai essayé d'ouvrir la bouche. Adam ! Tu ne m'as jamais laissé la place de quelques mots et tu voudrais qu'on parle aujourd'hui ?

Il était assez clair qu'elle était en colère et je fus extrêmement surpris de la virulence avec laquelle elle m'avait répondu, plus particulièrement de l'aisance avec laquelle elle m'avait balancé ce qu'elle avait sur le cœur. Estelle ne m'avait habitué qu'à acquiescer sans sourciller et à s'en remettre à absolument tout ce que je décidais ou prétendais. Je dois dire qu'elle m'emmerdait un peu à vouloir revendiquer, mais je pris le parti de la réconciliation et la laissa terminer sa plaidoirie.

— Tu me rends triste, Adam ! Tu me rends triste depuis trop longtemps et tu n'en as même pas conscience !

— …

— Au fait, merci de m'avoir laissé tomber tout à l'heure avec l'autre connard !

Elle était assez jolie en colère. De plus, je la rejoignais absolument sur l'analyse du personnage de Sébastien. Un vrai connard ! Elle semblait s'être apaisée. Elle avait besoin de vider son sac et de mettre les points sur les I, entre autres expressions à la con. Je pris comme d'habitude le temps de ma réponse.

— Excuse-moi, Estelle, mais qui laisse tomber qui, en ce moment ?

Flottement…

— J'en ai marre, Adam ! Je me casse !

— Tu peux pas te casser, on a pris qu'une voiture.

— Adam… Je me casse. Je te quitte. Je vais chez Anita et je prends Marcel. Je reviendrai vers toi quand j'y verrai plus clair.

À cet instant, je n'avais la possibilité que d'imaginer les prémices de ma chute. Évidemment, le coup était dur, mais j'avais l'espoir qu'il ne s'agissait que d'un mauvais moment et que tout allait rentrer rapidement dans l'ordre. Estelle allait s'aérer chez sa collègue quelques jours et puis elle allait revenir. Elle s'excuserait même, probablement. J'avais encaissé sans broncher. Je m'étais même persuadé que je ne lui en voudrais pas et convaincu que j'allais devenir meilleur. Pour nous ; pour elle ; pour Marcel…

J'étais bien sûr dans une sorte de déni. Un peu comme au volant d'une voiture qui s'apprête à sortir de la route. C'est extrêmement furtif, mais à cet instant, on croit encore que tout va s'arranger, que la voiture va reprendre l'adhérence et sa trajectoire. On a eu chaud, mais on fera attention à l'avenir. J'allais en réalité commencer une série incalculable de tonneaux.

Nous étions retournés auprès de l'architecte et de ma mère qui était revenue de son entracte. Sébastien, en notre absence, était étrangement silencieux. À croire que déjà, dans l'intimité, ces deux-là n'avaient plus rien à se dire. Sébastien n'avait, en réalité, pas grand-chose d'intéressant à dire. Une soirée entre « amis » suffisait à en faire le tour et celle-ci allait bientôt toucher à sa fin.

— Café ? Thé ?

Vite fait. J'en avais plus qu'assez de cette soirée. Marcel s'était endormi devant *Gulli* et personne ne pipait mot. Sébastien se leva pour préparer les cafés tandis que ma mère regardait Estelle avec tristesse.

Estelle se mit à sangloter. Ma mère n'eut pas l'air très surprise. Elle me connaissait. Elle m'avait donné naissance, c'est vrai, mais surtout, nous avions partagé quelques moments de vie – entre deux gorgées de sperme. Elle se rapprocha doucement d'Estelle et passa son minuscule bras autour de ses épaules.

— Qu'est-ce qu'il y a, ma chérie ?

Les sanglots se muèrent en une véritable cascade. Estelle prononça quelques mots que personne ne comprit. Je supportais mal la tournure *mélo* que prenait notre soirée. Sébastien revint chargé d'un plateau rempli de tasses fumantes.

— Elle me quitte, maman ! C'est drôle. C'est elle qui part et c'est elle qui chiale comme un veau !

Évidemment, ma mère me fusilla du regard.

— Ne t'inquiète pas, ma chérie. Je vais m'occuper de toi.

J'avalai mon café d'un trait. Pas mauvais, ce café.

— Eh bien, nous voilà sauvés, alors ! C'est vrai que ça reste ta spécialité, les ruptures.

L'architecte se rua sur moi et m'attrapa par le col de la chemise.

— Dis donc, petit con ! C'est à ta mère que tu parles !

Il leva la main, prêt à me balancer la mandale de ma vie. Il ne m'impressionnait pas. Je l'avais fixé calmement.

— Je te remercie de ta sollicitude, mon gros, mais compte tenu du temps qu'il te reste à faire partie de cette merveilleuse famille, ne te sens pas obligé de venir me donner des leçons sur la manière dont je parle à ses membres.

La baffe était tombée sur ma joue et moi sur le sol. Estelle s'était arrêtée de pleurer. Ma mère la tenait toujours dans les bras.

— Maintenant, tu t'en vas, Adam ! On s'occupe d'Estelle et de Marcel, mais tu te casses !

Ainsi soit-il. J'avais plié les gaules et laissé mon fils entre les mains de ces tarés avec le projet solide de le récupérer au plus vite.

9

Les éditions De la porte étaient installées dans un hôtel particulier du seizième arrondissement. J'avais été accueilli par une immense grille en fer forgé et un anonyme interphone. J'avais appuyé sur le second.

— Bonjour.

— Bonjour, je suis Adam Armand.

— Vous avez rendez-vous ?

J'avais répondu que j'avais rendez-vous avec *le Directeur de notre maison d'édition,* non sans une certaine fierté. La grille s'était ouverte dans un cliquetis électronique et j'avais pénétré dans un porche classieux. À l'issue de l'allée pavée, une nouvelle porte (vitrée cette fois) s'était ouverte automatiquement sur une cour intérieure surplombée d'une magnifique verrière et où étaient installés d'énormes pots multicolores contenant différentes espèces de palmiers.

J'aperçus au fond de la cour un petit escalier qui montait vers une nouvelle porte automatique. L'absence d'autre issue m'avait vite convaincu de m'y présenter et j'avais enfin abouti dans le hall des éditions De la porte (qui en comptait en réalité de nombreuses). J'étais tombé nez à nez avec l'interphone (en chair et en nibards). Assise derrière son comptoir, elle m'offrait une vue plongeante sur un décolleté à damner un moine bénédictin. Ses longs cheveux blonds coulaient en cascade autour de ses deux obus. Je crois qu'elle avait les yeux bleus...

Elle me pressa de la suivre jusqu'au bureau de monsieur Vandevelde, me présentant un nouveau profil qui n'avait rien à envier au précédent. Elle avait frappé trois petits coups sur la porte, et ses fesses, moulées dans une jupe agréablement courte, avaient été parcourues par trois gracieuses vaguelettes.

Une invitation à entrer avait été prononcée et, à défaut de l'être dans la charmante standardiste, je fus introduit dans le somptueux bureau du directeur.

Éric Vandevelde s'était levé pour m'accueillir. Il s'agissait d'un tout petit homme. Il me faisait penser à Nicolas Sarkozy ou à Napoléon Bonaparte, en tout cas à ce que j'imaginais d'eux sans avoir eu l'occasion de les rencontrer... Il devait être ce type d'hommes très complexé par sa taille et qui compense cette particularité (pour ne pas dire ce handicap) par une recherche frénétique de pouvoir. Si l'on pouvait admettre une certaine proportionnalité entre le complexe et le pouvoir, Éric Vandevelde devait probablement se considérer comme un minuscule petit bonhomme.

Le bureau était tapissé de livres et, compte tenu de la taille de celui-ci, leur nombre devait avoisiner les cinq ou six mille exemplaires. Éric Vandevelde avait des gestes vifs, presque nerveux, et semblait flotter dans son costume qui devait pourtant avoir été taillé sur mesure. Il m'avait tendu une main franche et dynamique.

— Monsieur Armand ! Quel plaisir ! J'avais hâte de vous rencontrer. C'est amusant ! Je vous imaginais moins grand !

Il m'avait fait signe de m'installer en face de son bureau et l'avait contourné en courant pour atteindre un immense fauteuil Voltaire. Il y paraissait encore plus minuscule. On aurait dit un enfant. Je n'étais d'ailleurs pas sûr que ses pieds touchent réellement le sol.

Je regardais l'imposante bibliothèque en essayant de reconnaître quelques œuvres. Je fixais intensément au-dessus de son épaule gauche le rayonnage et crus y distinguer « À la recherche du temps perdu ». Il me considéra en souriant.

— Vous connaissez Marcel Proust ?

J'avais la désagréable impression qu'il me prenait pour un demeuré.

— Bien sûr ! De nom, mais je n'en ai jamais lu.

— C'est évident. Il n'y a qu'à feuilleter votre manuscrit.

Il avait vomi sa réplique acerbe, décontracté comme une retraitée sénile qui vous passe devant à la caisse du supermarché. Il ne m'avait quand même pas invité à cet entretien juste pour me dire que mon bouquin n'était pas du niveau de Proust. J'étais conscient que je ne lui présentais pas le prochain Grand Prix national des lettres.

Et il m'exaspérait avec sa manière de dire ce qu'il pensait. On aurait dit moi ; en réussi. Je l'avais écouté sans ciller dénigrer allègrement mon livre avec la délicatesse de style d'un clodo bourré à qui l'on aurait refusé de donner une pièce.

— Que lisez-vous ? Je veux dire, quels sont les auteurs qui vous ont inspiré dans la rédaction de votre livre ?

Qu'est-ce que ça pouvait lui foutre ? J'attendais avec impatience sa proposition, mais ce crétin semblait plutôt vouloir taper la causette. *Et votre plat favori ? Les enfants vont bien ? Vos vacances à Courchevel ?*

— Je ne sais pas. Rien en particulier. J'ai écrit, c'est tout.

— Connaissez-vous Franck Bel-Air ?

J'avais parcouru une nouvelle fois l'immense bibliothèque. Je commençais à redouter qu'il m'interroge sur tous les auteurs qu'elle abritait.

— Oui, qui ne le connaît pas ? J'ai lu deux de ses bouquins… Non… Trois. Son premier était… intéressant, mais les suivants… c'était carrément de la merde !

Il avait joint les mains devant sa bouche, index levés vers le plafond.

— Mouais… Et ça ne va pas en s'améliorant.

Il semblait réfléchir à ce qu'il allait me dire. Son regard était perdu dans le vide ; entre moi et l'infini de sa réflexion.

Ses bras tombèrent lourdement sur les accoudoirs de son immense fauteuil.

— Savez-vous qu'il est édité chez nous ?

— …

J'avais l'impression de repasser mon oral de bac de français. Mains dans les poches, à peine pris connaissance du titre des œuvres au programme. Comptant exclusivement sur mon charme et mon intelligence pour ne pas m'en tirer avec un zéro pointé ; ou sur un miracle. Tour de passe-passe, rien dans les mains, rien dans les manches ! 12,5/20… J'avais eu de la chance. Ici, c'était autre chose. Je n'allais sûrement pas m'en sortir aussi facilement. Je me préparais à sérieusement ramer…

— Vous avez été honnête. Je vais l'être aussi.

(5/20 pour l'honnêteté…)

— Votre bouquin, ce n'est pas du Proust, mais il est bien meilleur que ce qu'écrit maintenant Franck Bel-Air… Quand il écrit… C'est-à-dire quand il est à jeun… C'est-à-dire rarement…

(9/20 pour le talent, ça commençait à sentir bon.)

— Malgré tout, votre livre ressemble étrangement à ce que Bel-Air pourrait produire, le thème, le ton, le style… Mais en mieux… Prenez ça comme un compliment et surtout ayez conscience que je n'en fais presque jamais. Ce n'est pas mon travail. Mon travail, c'est de démotiver, d'anéantir les ambitions irréalistes, bien sûr dans le but de faire émerger la vraie perle, celle issue du labeur, du temps, de l'implication, mais pas d'entretenir les espoirs illusoires de gros nuls qui se prennent pour le nouveau Stephen King.

(On avait atteint la moyenne… Merci les gros nuls.)

— Monsieur Armand. Vous connaissez le métier de nègre ?

Je connaissais.

— Oui, pourquoi ?

— Je vais être clair avec vous…

C'était assez clair, pourtant, et je percevais une certaine gêne dans sa manière de m'exposer ses projets. Je le laissai faire son chemin de croix. J'avais, pour ma part, déjà pris ma décision.

— Votre bouquin est éditable. Je veux dire, en l'état, nous pourrions en vendre, mais en tant qu'illustre inconnu, n'espérez pas faire fortune grâce à vos droits d'auteur. Au mieux, on peut tabler sur 5 000 exemplaires vendus. Vous connaissez le pourcentage auquel vous pouvez prétendre ?

Je le connaissais.

— Pas énorme ?

— Pas énorme.

Il me regardait intensément et paraissait faire un effort surhumain pour trouver les bons mots.

— Vous savez combien on vend de Bel-Air à chaque sortie ?

— Beaucoup ?

— Énormément !

— …

— Vous n'avez pas idée.

Son petit jeu commençait à m'agacer. Après tout, c'était lui, l'éditeur ! C'était lui qui devait me tenir par les couilles. Il était assez évident que depuis l'immense succès de Franck Bel-Air, la maison avait dû tout miser sur cet auteur phare. La loi de Pareto. Bel-Air n'écrivait plus et les caisses étaient vides. Sans mon bouquin, ils étaient cuits. La poule aux œufs d'or ne pondait plus. Les vannes étaient fermées. Le dépôt de bilan se rapprochait. J'avais les cartes en main. Je m'étais lancé avec la finesse d'un première ligne néo-zélandais dans une mêlée.

— Combien pensez-vous en vendre sous la plume de Bel-Air ?

Vandevelde me dévisagea, visiblement satisfait de ne pas avoir eu à exposer lui-même cette hypothèse.

— Dur à dire. À chaque nouvelle sortie, on fait toujours un peu moins…

Il me gratifia d'un léger sourire de connivence.

— Ce dernier livre est de loin le meilleur qu'il ait jamais écrit… Avec sa notoriété, une bonne campagne de communication et quelques dessous-de-table à certains critiques littéraires influents… On peut envisager huit cent mille, peut-être un million.

Le chiffre tournait en boucle dans ma tête. Un million… Je me demandais ce qu'un million de mon livre représenterait en volume. Une semi-remorque ? Deux ? Un hangar ? Il ajouta :

— La première année ! Après, c'est très aléatoire.

Oui ! Bien ! Restons concentrés quand même.

— OK ! Combien pour moi ?

Ses pupilles s'étaient subtilement dilatées. En même temps, il me semblait plus grand. Son sourire affichait deux longues canines que je n'avais jusqu'alors pas remarquées. Il devait être en pleine transformation. Dans moins de cinq minutes, il allait se mettre à hurler à la lune son désir de me dévorer. J'avais presque l'impression de voir sa barbe naissante pousser à vue d'œil. Son intention de me mettre en pièce était évidente.

— Je peux vous offrir dès aujourd'hui deux cent mille euros pour vous racheter vos droits ! C'est une grosse somme ! Pensez à ce que vous pourriez faire avec cet argent. Combien vous reste-t-il sur le crédit de votre maison ?

Cette fois, j'avais enfilé mes gants. J'avais mis quelques secondes à répondre, feignant une intense réflexion. Juste le temps de le laisser se satisfaire de son premier crochet du droit.

— Ma baraque, c'est mon problème ! Le vôtre, c'est votre boutique qui se casse la gueule depuis que votre vache à lait ne vous file plus que de la pisse. Je veux un pourcentage sur les ventes et tout ce qui tourne autour de l'exploitation de mon livre, les produits dérivés, les droits de reproduction… Tout !

Regards…

— Et combien vous voulez ?

Mon direct m'avait donné l'avantage. Je menais à présent la négociation, il ne me restait plus qu'à le laisser s'épuiser.

— 20 % sur tout.

Il blêmit. Il avait cru me bouffer. J'étais doucement en train de baisser son froc *Gucci* pour la lui mettre comme jamais on ne la lui avait mise.

— 20 %, mais vous êtes malade ! C'est ce que je donne à l'auteur. Je ne peux pas doubler les droits comme ça !

— En effet, mais tant que je n'ai pas signé de cession, c'est encore moi l'auteur.

Ambiance.

— Non, sérieusement, je peux vous proposer 5 %, pas plus.

— 20 %.

— Vous me faites chier, Monsieur Armand, vous n'êtes même pas encore dans la maison et vous me faites déjà chier… 10 % et c'est mon dernier mot.

— 20 %.

Il était rouge de rage. De toute évidence, il n'était pas habitué à se faire abuser et ne semblait pas beaucoup apprécier.

— Écoutez. Je comprends que vous n'êtes pas du genre à lâcher prise aussi facilement, mais je pense également que vous êtes suffisamment intelligent pour ne pas passer à côté d'une bonne affaire, alors je vais vous faire une dernière offre, mais je vous préviens, c'est à prendre ou à laisser. Je vous propose 12 %, et croyez-moi, je me saigne aux quatre veines avec cette offre. Réfléchissez bien, Monsieur Armand.

12 %, c'était plutôt pas mal négocié et j'aurais pu m'en contenter. C'était sans compter mon envie de le mettre en rogne. J'ai toujours été très joueur, surtout avec les cons. Je voulais le pousser à bout. Moins pour l'appât du gain que pour la satisfaction de faire taire cette suffisance insupportable. Affichant un air grave et solennel, je me levai lentement et lui tendis la main.

— Merci de m'avoir reçu. Je crois que j'ai assez abusé de votre temps… Et vous du mien.

Sourire…

— Je reste à votre disposition. Si vous changez d'avis, bien sûr.

Il avait instinctivement attrapé la main que je lui tendais. Il s'y était agrippé, comme il s'y serait agrippé pendu à un précipice. Il était clair que si je le lâchais, il tombait dans le vide.

— 15 %. C'est vraiment le maximum que je puisse faire. Il faudra que je convainque Bel-Air de diminuer sa part. Si vous refusez, la maison ferme. Je ne peux pas faire mieux. Croyez-moi, Monsieur Armand. Si je pouvais…

Toujours agrippé à ma main, il attendait ma réponse comme le verdict d'un cancérologue.

— 15 %. C'est d'accord.

Il me sourit et me laissa me rasseoir. Il avait gardé ma main dans la sienne.

— Une dernière chose.

— Évidemment.

— Les contrats seront prêts demain matin. Je veux juste y intégrer une clause. Cette clause n'est pas négociable. Je crois que vous me devez bien ça.

J'étais impatient de découvrir cette mystérieuse clause. Vandevelde maintint le suspense quelques secondes avant de me dévoiler le dernier point sur lequel il voulait que nous nous entendions.

— Vous devez vous engager contractuellement à ne révéler à personne votre rôle de nègre. Vous comprendrez aisément que pour la réussite de notre… business, il est impératif que le public croie que c'est Bel-Air qui a écrit ce livre. Il serait préjudiciable que cette information gâche vos chances de gagner un gros paquet de pognon. Vous ne pensez pas ?

— Pour vivre riche, vivons cachés ? D'accord pour moi. Je prends le gros paquet de pognon et je la boucle.

Il avait lâché ma main et s'était laissé tomber sur le dossier de son fauteuil, apparemment satisfait. De mon côté, je laissais suavement divaguer mon esprit au gré des chiffres mirobolants qui allaient bientôt alimenter mon compte en banque.

— Vous êtes dur en affaires, Monsieur Armand. Maintenant que nous sommes d'accord, comment voyez-vous l'avenir ?

— Je ne sais pas vraiment… On verra combien vont me rapporter mes 15 %.

Il s'était levé assez précipitamment, m'enjoignant de la main à le suivre jusqu'à la porte de son bureau. L'entretien était donc terminé. J'aurais apprécié un peu plus de chaleur humaine. Et peut-être aussi un verre de champagne. J'oubliai vite ce manque de civilité fondamentale et lui emboîtai le pas vers ma nouvelle vie de rentier.

Avant de m'ouvrir la porte, il s'était retourné vers moi.

— Je peux vous donner un conseil ?

— Faites.

— Prenez du temps pour vous. Profitez de la vie… Et commencez un nouveau bouquin.

10

Le Nikka m'avait laissé une migraine épouvantable. Je cherchais désespérément dans tous les tiroirs de la maison de quoi soulager ma gueule de bois. En vain.

J'avais écrit une bonne partie de la nuit. L'alcool avait finalement eu raison de mon ambition et je m'étais endormi comme un narcoleptique défoncé à la marijuana. Lorsque je sortis de ma léthargie, la journée était bien avancée. J'avais la bouche pâteuse. En me dirigeant vers le réfrigérateur, je pris conscience que je marchais sur ce qui ressemblait à une flaque d'urine à moitié sèche. En tout cas, ça en avait l'odeur.

— Qui a bien pu pisser ici ?

Je regardai le cadavre.

— Sûrement pas toi !

J'engloutis une bouteille entière d'Évian, ce qui eut pour effet d'accentuer considérablement mon mal de crâne. J'avais avec peine fermé tous les volets du rez-de-chaussée. J'espérais conserver un peu de fraîcheur dans la maison. J'avais ensuite passé la journée à sommeiller devant une télévision torpide en m'interrogeant sur les événements qui m'avaient amené ici.

Lorsque votre vie s'effondre, il est difficile de déterminer le moment exact où tout a commencé à basculer. Dans mon cas, je me demandais si c'était le soir où Estelle avait découvert mon manuscrit ou la réunion de secteur et l'annonce du pillage quelques heures auparavant. Ce qu'il y avait de certain, c'était que les deux éléments constituaient un ensemble de secousses contributives, mais sans être déterministe ou prophète, je restais convaincu que tout était écrit depuis bien plus longtemps. À dire vrai, peu de paramètres extérieurs y avaient contribué. Le vrai problème était, en réalité, mon incompatibilité génétique au bonheur.

J'avais pourtant essayé d'être heureux. C'est vrai ! Je le jure ! En tout cas, j'avais essayé de profiter le plus intensément possible du bonheur présent (quand il y en eut), mais je savais, je sentais que ce qui constituait mon état quotidien de stabilité ne pouvait être que provisoire. J'avais longtemps aspiré à étouffer le sentiment obsédant que tout ne pourrait être que pire et que le bon n'était définitivement qu'une réminiscence à laquelle il devenait stérile de s'attacher. Je pensais par exemple que les amitiés étaient particulièrement péremptoires. Même les meilleures finissaient par disparaître. Plutôt, elles se contractaient autour de leur propre bonheur (tant qu'elles en avaient). Leur famille, leur boulot, leur passion, et ça, dans les cas les plus raisonnables. Pour la grande généralité des autres, souvent autour de leurs iPhone, leurs bagnoles ou leurs garde-robes. Le bonheur, j'en avais conscience, était devenu un concept marketing et on le consommait comme on consomme des baskets ou des fripes. Achète et sois heureux. Point.

La famille alors ? La famille selon moi représentait l'occurrence de déception la plus élevée. Oscar Wilde, dans *Le portrait de Dorian Gray*, affirmait : *les enfants commencent par aimer leurs parents, ensuite, ils les jugent. Il leur arrive de leur pardonner.*

Je croyais, pour ma part, qu'après nous avoir jugés, nos rejetons finiraient immanquablement par nous haïr. Comment leur en vouloir ? Qui peut aujourd'hui se glorifier du monde que nous sommes sur le point de leur léguer ? Pour le salut de nos enfants et surtout de l'espèce, il me paraissait salvateur d'exterminer tout être humain ayant dépassé la vingtaine. Peut-être les premiers auraient-ils eu une faible chance de sauver la seconde.

À la fin, même s'ils ne nous détestent pas, ce dont (vous l'aurez compris) je doute formellement, les enfants désertent irrévocablement nos existences pour édifier leurs propres vies et les femmes finissent irrémédiablement soit dans celle d'un autre, soit dans un état d'aigreur perpétuelle d'être restées malgré tout.

Le soir et ma capacité à raisonner revenus, j'avais relu les quelques feuilles éparpillées sur la table basse. Il était évident que je n'avais jamais rien produit d'aussi bon. Il me sembla même que ce récit, pourtant inspiré de ma propre histoire, n'avait pas été écrit par moi.

J'allais me livrer. Peut-être même me ferais-je trouer la peau avant, mais je devais finir ce livre. Le temps m'était compté. Les flics devraient en principe, mettre un moment à faire le lien entre l'enlèvement et moi. De plus, ils n'avaient aucune idée de l'endroit où je pouvais me trouver. J'espérais être à l'abri suffisamment longtemps pour terminer. À moins, bien sûr, qu'un inopportun ne passe dans le coin et foute tout en l'air. J'en ferais mon affaire. Je n'étais plus vraiment à cela près. Je savais qu'il me faudrait vivre en autarcie complète pendant plusieurs jours. Après un inventaire succinct des ressources présentes dans la maison, j'avais réussi à pronostiquer une bonne quinzaine de libertés. Le bar était plein…

Si les flics ne remontaient pas trop rapidement jusqu'à moi, j'avais peut-être le temps…

11

1 jour, 22 heures et 4 minutes après l'enlèvement

— Alors, ça a donné quoi ?

— Une belle prise.

— Intéressant ! Dites-m'en plus.

Les deux inspecteurs avaient planqué une bonne partie de la nuit. Il y avait les lieutenants Chaussemoy et Landru. Chaussemoy, le râblé, et Landru, le dégingandé. Harry n'était pas le seul à profiter de l'élan créatif de la brigade en termes de sobriquets et de surnoms débiles. Ceux-là n'avaient pas à se plaindre. En tout cas pas à Fournier, *le putois*, ou à Sylvie, *la salope du bureau 124.*

Peu après minuit, le suspect était rentré dans son appartement. C'est là que l'équipe d'intervention avait perquisitionné. Comme prévu, ils étaient tombés sur le jackpot.

— D'accord, les gars. Ça, je suis au courant, continuez.

Ça faisait un moment que les deux lieutenants pistaient le dealer. Il arrosait toute la région avec sa marchandise, un peu de résine de cannabis, mais surtout beaucoup de cocaïne. Les deux inspecteurs avaient enquêté de nombreuses semaines et découvert un réseau important.

Il paye pas de mine, le mec ! C'est ce qu'avait dit Landru à Guérin. *Mais par contre, il a l'air de bien mener ses affaires.*

Un dossier avait été monté. Un mandat avait été délivré. La perquisition avait été prévue cette nuit-là.

— On a fouillé l'appart, on a tout embarqué et on vous a appelé.

— Bon ! Résultat des courses ?

— Un sacré paquet… On a deux kilos de coke, quelques pains de résine et grosso modo 700 000 en cash.

— Bon boulot, les gars !

— Merci, patron !

— Alors… Comment vous voyez l'affaire ?

— On a déclaré 100 000 !

— Vous êtes cons ou quoi ? Si vous voulez vous faire griller, c'est parfait ! Reprenez le dossier et mettez 400 000. C'est déjà pas dégueulasse, 100 000 chacun ! Et c'est surtout plus crédible !

Les deux lieutenants acquiescèrent, un peu déçus. Une telle prise, ça n'arrivait pas tous les jours… Ils auraient bien ramassé un peu plus que les 100 000 que leur imposait Guérin.

— Bien ! Et pour le reste ?

— On a pris ça aussi.

Landru jeta une petite pochette sur le bureau de Guérin. Le divisionnaire s'en saisit et en vida une partie devant lui. Il sortit un billet de 50 euros de sa poche, l'enroula en formant une petite paille et se pencha pour s'envoyer dans la narine le signe euro qu'il avait dessiné dans la coke. Il se redressa d'un geste vif.

— Ah oui ! Elle est bonne, quand même !

Les deux pourris le regardaient en riant. Guérin leur rendit la pochette et leur sourire.

— C'est bon, gardez ça pour vous.

— Merci, patron ! Et maintenant ?

— Quoi maintenant ? Vous rentrez chez vous, vous planquez ce que vous avez récupéré et vous attendez deux ou trois mois avant de faire le partage…

— OK, boss !

Les deux hommes semblaient attendre quelque chose. Guérin releva brusquement la tête :

— Quoi encore ?

— On voulait savoir ce que vous aviez pour nous après cette enquête. Très franchement, on pensait se faire un peu plus…

Landru lança un regard complice à Chaussemoy.

— Y a quoi en ce moment ?

— Une disparition ! Ça vous intéresse ?

Bien sûr, Landru et Chaussemoy avaient frémi. Une disparition, ça ne demandait pas beaucoup de boulot, mais c'était beaucoup moins rémunérateur. Guérin les observait en souriant.

— Dommage pour vous ! Je l'ai déjà refilée à Harry…

Ils soufflèrent à l'unisson. Guérin était vraiment trop con quand il avait pris de la coke !

— Une gonzesse qui s'est barrée. Ça l'occupera jusqu'à ce qu'elle réapparaisse…

Guérin sembla soudain préoccupé. Pour lui, il n'y avait aucun doute qu'il s'agissait d'une affaire de femme en vadrouille. Il l'avait logiquement refilée à Harry. Les affaires merdiques, ça avait toujours été pour lui. Particulièrement depuis qu'il était devenu commissaire divisionnaire. Harry, il le connaissait bien. Ils avaient démarré leur carrière ensemble. L'ironie était que Harry avait bien mieux réussi le concours d'entrée. À l'époque, il était promis à un bel avenir, sauf que… c'était un fainéant dénué d'ambition. Guérin, lui, avait déjà faim de réussite… et d'argent. Il avait très tôt trempé dans des histoires un peu louches. Et obtenu du grade aussi rapidement. Harry, lui, était resté à faire du « surplace » en essayant de ne pas trop se faire remarquer. Guérin n'avait jamais pu l'encadrer. Il aurait aimé le voir disparaître de son champ de vision, mais on ne vire pas un lieutenant de police aussi facilement… En tout cas, pas sans une raison valable. Malheureusement, à part une propension hors du commun à traîner la patte, Harry était plutôt irréprochable ; pour Guérin, ça voulait dire désespérément intègre… Par contre, loin d'être con. Il voyait bien tout ce qu'il se passait dans la brigade. Guérin s'était toujours demandé pourquoi Harry n'en avait jamais joué contre lui ? Trop honnête ? Pas de preuve ? Rien à foutre ?

Guérin cherchait un moyen de se débarrasser de lui depuis longtemps. Une sorte de précaution. Et puis… s'il pouvait virer la petite dernière en même temps… Ils s'étaient bien trouvés, ces deux-là… Aussi conne que lui ! Pas du genre à croquer, mais bien plus dangereuse que Harry, avec sa manie de fouiner partout ! Pas du genre non plus à se priver de les balancer si elle découvrait quoi que ce soit.

— Commissaire ! Ça va ?

— Oui, ça va ! Tenez, j'ai une nouvelle affaire pour vous ! Il va falloir se calmer, par contre. Sur celle-ci, on se sert pas. On se met au vert pendant quelque temps.

Landru et Chaussemoy n'avaient pas l'air de se réjouir de la nouvelle. Leur petit business était fructifiant. L'homme est ainsi fait : plus il en a, plus il en veut. Les deux inspecteurs comptaient bien se préparer une douce retraite au soleil. Guérin les savait particulièrement insatiables.

— Patron ! Des affaires où on peut se servir, y en a pas quarante par an, quand même ! Si on profite pas de celle-là, on sait pas quand on pourra à nouveau.

Guérin se leva et sortit trois verres ainsi qu'une bouteille de rhum du réfrigérateur caché dans son secrétaire. C'était un souvenir de son dernier séjour en République dominicaine. Il y avait acheté une bicoque sur la plage et comptait bien y finir ses jours. Mais avant, il devait engranger encore un peu, histoire de se mettre définitivement à l'abri du besoin. Encore deux ou trois belles affaires et il raccrocherait. Marre de ce boulot. Marre de ces deux crétins…

Il remplit les trois verres et reprit sa place devant Landru et Chaussemoy. Les deux hommes regardaient le rhum avec suspicion ! Un peu tôt pour boire un coup. Ou un peu tard ?

Il n'y avait plus grand-chose à fêter maintenant que Guérin leur imposait cette disette…

— Les gars ! Vous savez pourquoi on les chope tous, ces blaireaux ?

— Parce que c'est notre boulot ?

— Ferme-la Chaussemoy ! Non… enfin si, mais c'est pas ce que… Merde, Chaussemoy ! Parce qu'ils sont trop gourmands ! Ils ne savent pas s'arrêter à temps ! Ils font toujours le coup de trop et on les attrape. Soyez pas aussi cons. On se calme un moment. Je règle deux ou trois choses, et à la prochaine affaire, on encaisse…

Les trois hommes levèrent leur verre, comme pour sceller une alliance secrète, et les avalèrent d'un trait. Les verres vides avaient claqué sur le bureau en formica, puis Landru et Chaussemoy étaient repartis. Ils avaient bien mérité leurs deux journées de repos.

Guérin envisagea la situation. Il était clair qu'il ne tiendrait pas Landru et Chaussemoy encore longtemps. Ce qu'il espérait, c'était se débarrasser de Harry et d'Aurélie au plus vite. Au SRPJ, tout le monde trempait plus ou moins. Tout le monde la bouclait… Tout le monde ? Harry et Aurélie… Un jour… ? Pour l'instant, il n'y avait pas lieu de s'inquiéter. Ils ne pouvaient avoir que des suspicions, mais qui sait, s'ils découvraient des preuves ? Guérin ne pouvait pas se permettre de prendre ce risque.

Il se resservit un verre. Il avait deux jours, peut-être quatre, avant que ses deux lieutenants ne décident de se servir, malgré ses ordres. Il devait pousser Harry à la faute. Le virer proprement. Et pourquoi pas Aurélie avec ? Un problème à la fois. Il recevait Harry dans l'après-midi. Il étudierait l'avancée de l'affaire en cours. Il trouverait bien un moyen…

PARTIE 2

CHUTE

12

On y pense du matin au soir. Il est même probable qu'on en rêve la nuit. Dès que l'œil s'ouvre ; non ; avant que l'œil ne s'ouvre. Dès que la conscience s'éveille, c'est déjà là. On déjeune en y pensant ; on se douche en y pensant ; on se déplace, on travaille, on emmène les enfants à l'école et on les récupère après une journée entière passée à côté de sa vie à ne penser qu'à ça ; on rentre à la maison, on dîne, on s'occupe des tâches quotidiennes, on chie, on baise en y pensant !

Savez-vous qu'un Français sur trois rêve d'écrire un livre ? Il existe des études particulièrement documentées sur le sujet. La plupart n'en font rien. Ils imaginent injustement avoir encore suffisamment de temps pour le faire. Les gens qui imaginent avoir le temps sont des idiots.

Un jour, j'écrirai un livre…

Un jour, je claquerai la porte, je deviendrai quelqu'un. Un jour, je partirai. Je lui dirai ce que je pense. Un jour, je ferai vraiment ce que je veux. Un jour… On a le temps.

Le temps de changer les choses, le temps de sauver la planète ou un ami qui a besoin. Le temps de faire le bien ou de rendre le mal. Le temps de commencer un livre…

En réalité, ce temps, on passe la première moitié de sa vie à le dilapider, le consumer, puis on se rend à l'évidence. La crise de la quarantaine n'est rien d'autre que la prise de conscience qu'il ne nous en reste plus autant qu'on le croit et que les miettes que la vie daignera maintenant nous accorder ne suffiront pas à nettoyer toute la merde qu'on a faite jusqu'à présent.

La plupart donc n'en font rien et c'est peut-être ce qu'ils ont de mieux à faire. Pour leur plus grand malheur, quelques-uns arrivent, malgré tout, à pondre quelque chose qui s'approche de près ou de loin à ce qu'on pourrait qualifier de roman.

Les principales maisons d'édition reçoivent entre dix et quinze de ces manuscrits par jour. Entre 3 650 et 5 475 par an… Cinq au mieux seront publiés – il existe également des études très documentées sur ce sujet.

Ça en fait des déceptions !

Alors voilà ! On se sacrifie, on se damne, on se perd dans la réalisation de ce projet illusoire. Et tout ça pour quoi ?

Pour tenir son manuscrit entre les mains et présumer de son potentiel commercial. Pour le présenter au plus grand nombre d'éditeurs dans l'espoir que cette ramette de feuilles anonymes se transforme en euros. La réalité est qu'après autant de tentatives à un nombre plus ou moins important d'éditeurs, que d'absences de réponse, on finira inévitable-ment par enterrer cette œuvre et son fantasme. Il y en aura bien qui tenteront l'entreprise de l'auto-édition. Ils connaî-tront un succès modéré, familial le plus souvent. C'est déjà ça… Les plus désespérés se lanceront illusoirement dans le piège de l'édition à compte d'auteur. Évidemment, ils y per-dront, en plus de leur temps, beaucoup d'argent et d'énergie.

Si l'on demande à chacun d'entre eux les raisons qui les ont poussés à se consumer dans cette entreprise, tous, sans exception, répondront pour *la reconnaissance*, aucun pour *l'argent !*

Il faut entendre dans le substitut *reconnaissance* la notion hé-doniste adoucie et bienséante du terme *gloire* qui revêt autant de réticence anthropologique que celui *d'argent* ! D'ailleurs, celui qui recherche la reconnaissance ne court pas derrière l'argent, mais aspire plutôt à une certaine forme de stabilité financière… Alors tous les auteurs vous le diront… C'est la reconnaissance qui les anime. Doit-on forcément y voir l'expression de ce qu'Orwell décrivait comme la novlangue ?

Je ne m'engagerai pas dans ce genre de considérations. J'ai assez d'ennuis comme ça…

De mon côté, je ne m'étais jamais encombré de desiderata aussi égocentrés… L'argent me convenait et j'allais sûrement en posséder suffisamment pour envisager une retraite anticipée délicieusement indécente.

Pour l'heure, le décolleté vertigineux de Karine me suffisait à supporter l'interminable réunion de secteur que Thierry et Élyse avaient organisée afin de faire le point sur le dossier « inventaire ».

Trois mois s'étaient écoulés depuis la signature de mon contrat de « prête-plume » aux éditions De la porte. Presque autant depuis le départ d'Estelle et de la découverte du pilleur du magasin. J'appris par monsieur Vandevelde que le terme « prête-plume » avait remplacé le traditionnel « nègre » qui, même littéraire, constituait une atteinte grave et pénalement répréhensible à la dignité de certaines communautés opprimées. Le nouveau Franck Bel-Air était sorti depuis une semaine et l'on ne parlait partout que de cet événement littéraire extraordinaire.

Les éditions De la porte avaient vraiment fait du bon travail ; rapide. Personne n'était au courant de notre arrangement, comme convenu contractuellement avec Vandevelde. Pas même Estelle que je n'avais croisée que deux fois depuis notre dernière soirée en couple chez l'architecte. Elle m'avait laissé Marcel un week-end et était venue le récupérer le dimanche soir à la maison. Je lui avais proposé de le lui déposer chez Anita. Elle avait vigoureusement refusé. J'avais emmené Marcel à *Woupi*, au cinéma. On s'était gavés de bonbons, de pizzas, de *junk food*. Bref, j'avais été heureux pendant vingt-quatre heures. Et je m'étais de nouveau retrouvé seul.

C'est un sentiment étrange que d'entendre parler de son bouquin partout et tout le temps sans que personne autour de vous ne sache que vous en êtes l'auteur. Étrange et, à dire vrai, un peu frustrant. Même Karine, face à sa salade landaise, ne m'avait abreuvé que de son impatience de découvrir l'œuvre. J'avais eu envie de lui révéler la vérité. Pour la rappeler à la réalité, bien sûr, mais aussi un peu pour l'impressionner. Elle me parlait de Bel-Air comme d'un messie. S'il te plaît, Karine, pas toi.

— Ça a l'air d'aller, toi ! T'as bonne mine.

Nous avions déjeuné dans une brasserie proche du magasin. Une sorte de préparation psychologique nécessaire face à l'après-midi qui nous attendait. En réalité, je n'avais pas vraiment bonne mine, je faisais juste bonne figure. C'est vrai que je n'avais jamais pris autant de hauteur, à mon travail. En réalité, je n'en avais plus rien à foutre. Je restais un peu par principe, par habitude et par peur de me retrouver face à moi-même, et il était trop tôt. Il faudrait encore quelques semaines avant que je ne commence à toucher mes droits. Malgré tout, l'omniprésence de mon livre dans tous les médias me laissait présager des rentes substantielles.

Non ! Ce qui me rongeait, c'était l'absence ; le syndrome du paquet de clopes vide.

Ce paquet de cigarettes, le dimanche soir, que vous savez là, disponible et rassurant. On n'y fait pas vraiment attention. On ne va peut-être même pas l'ouvrir, ou alors juste une clope après manger. C'est pas sûr…

Replacez-le dans le même contexte, mais vide. Enlevez cette présence discrète mais indispensable, et votre fumeur deviendra littéralement dingue, prêt à tout pour une précieuse bouffée.

Si, habituellement, leurs présences ne me touchaient d'aucune manière, j'étais, à ce moment, en train de devenir dingue de l'absence de ma femme et de mon fils.

Mon regard oscillait lentement, du tableau Velleda devant lequel Élyse nous exposait les chiffres détaillés du dernier bilan comptable au décolleté saisissant de Karine qui s'était innocemment installée en face de moi. Et quel décolleté ! Le même qui à midi m'avait empêché de finir mon tartare préparé et aussi le tiramisu que j'avais commandé en dessert. Le même qui, la nuit précédente, m'avait réveillé avec une érection douloureuse et un caleçon lamentablement souillé. Le même qui, chaque jour, me provoquait en m'insinuant : « Allez, vas-y ! Tu es célibataire, maintenant. Prends-nous ! »

En réalité, j'avais l'espoir secret de reconquérir Estelle. Tout pouvait s'arranger. Pour cela, il fallait simplement que je ne cède pas au décolleté de Karine, ni à rien d'autre, d'ailleurs. Si Estelle apprenait pour mon succès littéraire ? J'ai beaucoup de respect pour les femmes (enfin, je crois…), mais aucune ne reste insensible au succès et à l'argent. C'est ma mère qui me l'avait appris. Il m'était défendu d'en parler, et cela même à Estelle, mais certains indices ne laissent aucun doute…

Élyse se démenait assez grossièrement pour faire entendre ma responsabilité face au désastre économique que traversait le magasin (peut-être aussi à la position délicate de l'entreprise, à la dette du pays tout entier et même au réchauffement climatique…). De mon côté, j'essayais d'imaginer la torture la plus adaptée pour cette ordure. Je l'envisageais assez bien contrainte à manger sa propre merde. Il y avait dans cette pratique une poésie que n'avait pas la brûlure de cigarette ou l'utilisation de la cire fondue. L'empalement me semblait tout aussi satisfaisant.

J'étais surpris de voir à quel point Élyse m'était devenue antipathique. Je ne l'avais jamais beaucoup appréciée, c'est vrai, mais de là à concevoir la meilleure torture à lui infliger… Il devait bien exister un « entre-deux » ?

J'optai finalement pour l'écartèlement… Atrocement douloureux et terriblement efficace.

La réunion s'était terminée comme elle avait commencé, dans l'ennui le plus complet et une certaine forme d'indifférence, aussi. Élyse avait persisté à démolir ma crédibilité et moi à la découper virtuellement en morceaux. Les seins de Karine avaient continué leur chant de sirène, puis avaient disparu avec elle.

J'avais ensuite débandé et j'étais retourné à ma solitude.

Le soir même, je m'étais promis de regagner le cœur d'Estelle. Devant ma pizza surgelée (qui constituait l'essentiel de mon régime alimentaire depuis trois mois), j'avais formulé le vœu solennel de les ramener, elle et Marcel, à la maison. J'avais prononcé mon serment en levant mon verre de whisky le plus haut possible et en trébuchant sur la bouteille vide qui traînait à mes pieds. J'avais vomi ensuite et je m'étais endormi la tête dans ma gerbe.

13

Qui a dit *la vérité sort de la bouche des enfants* ?

Je connaissais leur percutante candeur et leur faculté à balancer tout ce qu'ils pensaient juste parce qu'ils le pensaient. « *Maman ! Pourquoi il est noir, le monsieur ?* », « *Elle est pas belle, la dame, elle a une moustache…* » Je connaissais, car dans un sens, j'étais pareil… Sans filtre, quoiqu'un peu moins innocent.

Je n'imaginais pas, par contre, que cette vérité sortirait ainsi de la bouche de mon môme, et cette vérité ressemblait à un 38 tonnes qui vous frappe à 110 km/h alors que vous relisez pour la centième fois le dernier texto de votre ex.

Dis donc, mon garçon, je sais que les chiens ne font pas des koalas, mais s'il te plaît, ménage ton pauvre père ou au moins soigne la forme. Qu'est-ce qui m'avait pris de lui poser cette question ?

— Ça va, mon gars ? T'es content d'habiter chez Anita en ce moment ?

— On n'habite pas chez Anita, papa… On habite chez Florent.

C'est bien, ça, mon gars ! Tu veux un autre paquet de *Smarties* ? Raconte comment c'est chez Florent…

— Ça fait longtemps que vous n'habitez plus chez Anita ?

— On est jamais habité chez Anita, papa.

— On <u>a</u> jamais habité, mon chéri… On <u>a</u>…

Jamais…

Anita…

Florent… ?

14

À ce stade du récit, il est important que vous compreniez que je n'ai pas toujours été le gros con aigri que vous vous imaginez. En tout cas, mon personnage ne se résume pas à ce jansénisme cruel et misanthrope. J'ai aussi éprouvé de l'amour (à défaut d'en donner). Beaucoup. Exclusif, c'est vrai, mais sincère et profond. J'ai souri, j'ai eu du plaisir à vivre cette vie paisible. J'ai ri de voir Marcel balbutier ses premiers mots, j'ai eu mes moments de joie où je me suis senti normal. Presque heureux.

Mais ça revenait toujours. Le cynisme ; la méchanceté gratuite ; la colère étouffée, muselée ; la haine. Après le départ d'Estelle, mes dimanches matin n'avaient plus rien de commun avec ceux qui avaient constitué les plus doux souvenirs de mon existence.

Terminés les cris joyeux de Marcel qui nous tiraient laborieusement du lit. Fini les petits-déjeuners apaisants cachés, blottis contre ces minuscules et infinis instants de bonheur simple. Oubliés les coïts secrets, rapides et séditieux lorsque nous profitions de ce que Marcel joue dans sa chambre. Plus jamais nos rires étouffés, coupables quand il frappait à notre porte, surpris et inquiet de cette curieuse absence.

La maison qui avait accueilli les seules choses qui auraient pu me garder à l'abri de ma propre folie était devenue un champ de bataille. Je ne prenais plus la peine de jeter les cartons de pizza qui s'amoncelaient sur la table basse et la plus grande partie du canapé. Je ne nettoyais plus rien, pas même moi. Je dépérissais.

Inconsciemment, je sentais déjà que ma santé mentale ne tenait plus à grand-chose. C'est sûrement pour ça que je n'arrivais pas à me résoudre à quitter définitivement mon travail au magasin. Éric Vandevelde m'avait annoncé la fou-droyante réussite commerciale de mon livre. Enfin, du livre de Bel-Air (c'est comme ça qu'il l'avait appelé). L'information avait vite été corroborée par l'avance colossale qui avait crédité mon compte Caisse d'Épargne. La quantité de zéros m'avait donné le vertige.

Vandevelde m'avait vigoureusement invité à commencer un nouveau livre. J'avais donc écrit. Beaucoup… Surtout de la merde. Je m'étais saoulé et j'avais appelé Anita. J'avais besoin de savoir. J'aurais pu appeler Estelle, mais pour une raison que j'ignorais, je ne voulais pas l'entendre de sa bouche.

Anita avait d'abord été surprise de recevoir mon appel. On ne s'était jamais vraiment appréciés. Nous avions toujours été assez intelligents pour que cela ne transparaisse pas. Nous faisions, comme on le dit populairement, « contre mauvaise fortune bon cœur », mais j'aurais préféré une autre « meilleure amie » pour ma femme, et Anita, un « meilleur mari » pour son amie.

Aujourd'hui, plus aucune obligation mondaine ne nous contraignait et Anita ne manqua pas de me le faire parfaitement comprendre.

— Je n'ai rien à te dire, Adam ! Estelle est sortie, tu peux l'appeler sur son portable, elle est…

— Avec Florent ?

Un silence brutal avait écrêté notre conversation. Sa seconde réplique, bien que dépouillée de son arrogance, restait fondamentalement identique.

— … Je… Je n'ai rien à dire… Tu devrais appeler Estelle.

Je m'attendais bien sûr à ce type de réponses. Anita ne trahirait pas la confiance d'Estelle, j'en étais convaincu. En outre, elle n'avait absolument rien à gagner à faire preuve d'une quelconque complaisance à mon égard. Les informations dont je disposais risquaient de lui faire comprendre qu'elle avait, en réalité, tout à perdre à ne pas le faire.

Anita pouvait paraître d'une fiabilité sans faille en ce qui concernait ses amitiés. Je savais que ce n'était pas nécessairement le cas pour ses relations sentimentales. C'était Estelle qui m'avait raconté son dérapage conjugal trois ans plus tôt. Un collègue d'Estelle et d'Anita ; prof de sport. Un beau cliché ! Évidemment, ça n'avait pas duré, mais ça avait au moins existé. À l'époque, je m'en foutais éperdument. J'avais écouté Estelle s'affranchir d'une partie de son poids en me confiant le délectable secret. C'était assez ironique, finalement, quelques années plus tard, d'utiliser contre elle cette confidence.

— Je vais te simplifier la vie, Anita. Je suis au courant pour ton prof de sport il y a trois ans. La situation est tellement limpide que même toi tu vas comprendre. Tu vas me balancer tout ce que tu sais ou je me charge de mettre ton mari au courant de tes prouesses sportives.

— T'es un bel enculé, Adam ! Tu le sais, j'espère ?

— Je le sais, Anita ! Je le sais… Et toi, tu vas te retrouver sacrément dans la merde si tu ne me dis pas tout ce qu'il y a à savoir sur le nouveau prince charmant de ma femme !

Elle m'avait répondu avec la voix tremblante. Je crois qu'elle commençait à pleurer. Je n'arrivais pas à déterminer s'il s'agissait d'une résurgence de culpabilité ou la honte de la trahison qu'elle s'apprêtait à commettre.

— Qu'est-ce que tu veux savoir, connard ?

— Qui est ce Florent et depuis combien de temps il se tape ma femme ?

Elle m'avait tout raconté. Leur rencontre quelques mois plus tôt. C'était lors de la dernière inspection d'Estelle. Bien sûr, c'était Florent l'inspecteur. Elle m'avait raconté leurs rendez-vous secrets où elle avait commencé à se faire baiser comme une pute pendant que j'imaginais qu'elle essayait simplement de m'éviter. Leur projet de l'ombre de reconstruire une nouvelle vie à deux pendant que Marcel se demandait si sa mère l'aimait encore. Son abandon crasseux tandis que je luttais chaque minute de mes journées contre mon désir de plonger dans le décolleté de Karine avec l'espoir vain de conserver une chance de sauver mon couple et ma famille.

Tout…

— Merci, Anita ! Tu peux dormir tranquille. Je ne te ferai pas d'emmerde.

J'avais raccroché. J'avais été sincère. Mon téléphone avait traversé la pièce.

Le lendemain, en arrivant au magasin, je tombai nez à groin avec les deux siamoises d'Élyse. Encore à traîner au lieu de bosser ; et avec sa bénédiction.

— Dites donc, Laurel et Hardy ! Une caissière, ça s'accompagne pas d'une caisse ? Vous avez vu le monde en surface ? Dégagez-moi de là et allez en ouvrir une en vitesse ! Et fermez-la, bon Dieu !

Étrangement, cette dernière injonction sembla altérer la compréhension de mon message. Elles m'avaient regardé un moment avec leur double tête d'abruties et s'étaient éclipsées en marmonnant.

J'avais ensuite croisé plusieurs vendeurs et Thierry. Tous en avaient pris pour leur grade. Au détour d'un couloir, Karine était apparue. J'avais failli me mettre à chialer.

— Ça va, Adam ? T'as l'air bizarre !

— Ah oui ? J'ai moins bonne mine, aujourd'hui ! C'est ça ?

Karine avait sorti les griffes. Qu'est-ce que je croyais ?

— Ça va pas ou quoi ? Tu m'as pris pour Ariane ? Va te faire foutre, Adam ! Tu ne me parles pas comme ça ! J'y suis pour rien si t'es incapable de faire en sorte que ta vie ne parte pas en guenilles ! Je t'emmerde, Adam !

C'est vrai qu'elle m'emmerdait un peu, ce matin.

Je ne sais toujours pas, aujourd'hui, ce qui m'a le plus surpris. L'endroit ou ma faculté oubliée à verser une larme. En tout cas, j'avais craqué. Karine m'avait attrapé par le bras et traîné dans les toilettes toutes proches. Ça faisait des mois que j'en rêvais. À l'abri des regards, elle m'avait d'abord balancé trois énormes gifles…

— Ressaisis-toi, Adam ! Je ne te reconnais plus !

Je m'étais assez lamentablement répandu. Seul avec Karine, dans moins de deux mètres carrés, et je chialais comme un môme ! Je devais être particulièrement ému. Je lui avais tout raconté en sanglotant.

Je lui avais dit que mon fils me manquait, que ma vie me manquait et même qu'Estelle me manquait. Je ne lui avais pas dit que mon livre me hantait, que Bel-Air me hantait et que ses seins aussi me hantaient.

Elle m'avait à nouveau gratifié de deux belles baffes, puis elle s'était adoucie, elle avait posé ses mains sur mes épaules. J'aurais aimé qu'elle m'embrasse. J'aurais aimé la baiser dans cet espace exigu, comme on pouvait. On aurait trouvé. Il aurait fallu que je fasse un peu envie. Et peut-être aussi que je sois propre. Au lieu de ça, elle m'avait secoué légèrement en me conseillant de rentrer chez moi.

— Prends quelques jours ou pose un arrêt ! Dans ton état, tu trouveras facilement un toubib pour t'arrêter ! Je m'occupe de tout ici, ne t'en fais pas.

Elle me souriait gentiment.

— Et s'il te plaît, lave-toi ! Et reviens-moi comme avant. Tu ne fais plus peur à personne, Adam… Tu fais juste pitié…

Sa dernière gifle. Ses dernières paroles. Je ne le savais pas encore, mais c'était aussi la dernière fois que nous nous voyions. J'allais bientôt, après ma famille et ma vie, perdre la seule amie que j'avais eue.

15

2 jours, 14 heures et 23 minutes après l'enlèvement

La journée de Harry avait été interminable. En pénétrant dans leur appartement, la voix d'Hélène l'avait caressé.

— C'est toi, mon chéri ?

Harry ne put s'empêcher de trouver cette question complètement absurde. Il sortait d'un long calvaire et il n'était pas sûr que la délicatesse de cet accueil réussisse à le contraindre à l'indulgence.

— Non, c'est le pape Jean-Paul II.

Harry avait aussitôt regretté son commentaire. Hélène n'y était pour rien si le divisionnaire Guérin l'asphyxiait depuis quelque temps. Il ajouta immédiatement.

— Excuse-moi, journée de merde !

— Ce n'est pas grave, mon chéri. Tu as faim ?

— Je suis affamé…

Harry se dirigea vers le salon. L'endroit était spacieux et impeccablement rangé. Harry et Hélène avaient acheté cet appartement peu de temps après avoir compris qu'ils n'auraient jamais d'enfants. Ils avaient immédiatement succombé au charme de ce deux pièces aux volumes rares. Il convenait parfaitement à leur désespoir. Pas de chambres inutiles pour leur rappeler ce que la vie leur refusait, mais suffisamment d'espace pour contenir leur amour véhément. De nombreuses guitares habillaient l'endroit. Les murs ne comportaient aucune photo de famille, mais un grand nombre d'affiches de concerts ou de portraits de musiciens. Il y avait une petite bibliothèque sur laquelle on pouvait considérer l'étendue de leur culture littéraire. Quelques Agatha Christie, un dictionnaire et une poignée de best-sellers commerciaux aussi intéressants qu'une thèse sur la reconnaissance coloniale du couvain et du champignon chez la fourmi.

Harry s'installa sur un tabouret et saisit la guitare posée contre le sofa. Il se dit qu'il allait lui falloir un moment avant de s'émanciper de son quotidien délétère. Il gratta compulsivement l'instrument tandis qu'Hélène commençait à dresser le couvert. Elle savait qu'ils ne passeraient pas à table avant que Harry ne soit complètement rassasié de musique, alors elle disparut dans la cuisine pour laisser son mari se retrouver. La musique, Harry, ça le nettoyait, ça le purgeait, et ce soir-là, il en avait particulièrement besoin.

Au début, l'esprit de Harry continua de s'égarer au gré des souvenirs de la journée. Il repassait en boucle son entretien avec le divisionnaire Guérin.

— Alors, Viron ! On en est où avec la disparition ?

Bien évidemment, on en était nulle part. Harry avait prétexté un manque de temps, une intense fatigue, une rage de dents, mais aucune excuse n'avait réussi à calmer l'inspecteur divisionnaire Guérin.

— Viron ! Vous vous foutez de ma gueule ? Ça fait une semaine que je vous ai donné cette enquête ! Vous attendez qu'on retrouve son cadavre à cette bonne femme ? Qu'avez-vous fait ? Vous avez interrogé la famille, au moins ?

— Oui. Je suis retourné voir le mari. Pas grand-chose à dire.

— Et son travail ?

— …

— Merde, Viron ! Écoutez-moi attentivement.

Il écoutait, l'inspecteur Harry. Quant au divisionnaire Guérin, il ressemblait à un catcheur hystérique prêt à entrer dans un ring.

— Vous allez rentrer chez vous, Viron. Vous allez profiter de votre femme, de vos amis, de votre clebs et de votre

hamster, de tout ce que vous voulez, je m'en carre complètement. En tout cas, profitez-en bien, car dès lundi, je vous
colle au cul comme un cabot à celui d'une chienne en chaleur ! Je ne vais pas vous lâcher, Viron, et croyez-moi, vous
allez me la retrouver, la disparue ! Deviez-vous y enquêter
jour et nuit… Vous m'avez bien compris ?

Harry avait bien compris. Particulièrement qu'il allait en
chier. Il connaissait le divisionnaire, il ne se contredirait pas.
Les prochains jours promettaient d'être laborieux, au propre
comme au figuré.

Harry venait de casser son mi-aigu.

— Ah ! Putain !

Hélène passa sa tête dans l'ouverture de la porte.

— Tout va bien, mon poussin ?

— Oui, oui, tout va bien…

Hélène savait qu'il mentait. Elle le connaissait son
« Tony ». Pas du genre à lui avouer ce qui n'allait pas. Il aurait eu l'impression de lui refiler son fardeau. Il faisait
comme si, mais elle voyait bien qu'il était plus sensible que
d'habitude ; plus chatouilleux. Elle l'observait avec tendresse
quand la sonnerie du téléphone de Harry avait retenti. Ils
s'étaient regardés avec curiosité. Harry ne recevait jamais
d'appels en dehors du travail. Il avait d'ailleurs coutume de
couper son téléphone, dès son arrivée. Harry semblait plus
surpris d'avoir oublié de le faire que de recevoir cet étrange
appel.

Le nom d'Aurélie s'affichait sur l'écran du smartphone.
Harry décrocha.

— Bonsoir, Aurélie. Tout va bien ?

— Oui ! Tout va bien… Je ne te dérange pas, au moins ?

— Pas du tout. Qu'est-ce qui se passe ?

— Rien de très important. Je pensais juste à toi. On ne
s'est pas vus après ton rendez-vous avec Guérin. Je voulais
savoir comment ça s'était passé.

Il y avait dans sa voix une sorte de retenue que Harry ne lui connaissait pas.

— Très bien, Aurélie, très bien.

— Je sais que Guérin veut te mettre la pression ! Je trouve ses méthodes… malhonnêtes… je voulais te le dire… et aussi, je suis allée faire un tour dans l'entreprise où travaillait la femme qui a disparu…

Harry haussa ostensiblement les sourcils.

— J'ai rencontré le directeur. On a échangé près de trois heures…

— Ah oui ?

— Harry… J'ai une piste.

Harry écoutait sans bouger, sa guitare était toujours posée sur sa jambe. Il regardait Hélène figée dans l'embrasure de la porte.

— Aurélie, ça te dérange si on en reparle demain ? La journée a été bien chargée…

Aurélie s'était demandé s'il plaisantait. Évidemment, il ne plaisantait pas. Un peu abasourdie, elle avait consenti, puis raccroché.

Harry reposa la guitare contre le canapé. Il resta un instant perdu dans ses pensées, puis, affichant un large sourire, il regarda Hélène.

— Bon, on peut passer à table !

Ce soir-là, Hélène s'était offerte à Harry. Ils avaient fait l'amour. Comme chaque fois, rapidement, simplement, en missionnaire. Hélène était une merveilleuse femme d'intérieur. Elle savait entretenir un foyer. Elle adorait ça. Surtout le repassage devant ses séries quotidiennes. Elle aimait beaucoup moins la vaisselle. En réalité, elle détestait. Cependant, elle savait qu'il fallait la faire. C'était comme ça. On n'a pas toujours le choix. On a des obligations. Le sexe pour Hélène, c'était un peu comme la vaisselle. Alors elle s'allongeait ; docilement. Elle se laissait besogner avec détachement, puis elle se couchait, heureuse d'avoir accompli son devoir.

Harry s'était endormi en pensant à Aurélie et à son affaire. Si elle avait trouvé un suspect, Harry pouvait avoir confiance dans la résolution de l'enquête. Il devait simplement retrouver la gonzesse. De préférence vivante. Guérin allait enfin lui foutre la paix.

16

Je n'avais jamais tenu beaucoup l'alcool. C'est ce qui m'avait toujours permis de me maintenir à l'abri d'une consommation excessive. Depuis le départ d'Estelle, je m'étais accoutumé à un état permanent d'ébriété plus ou moins avancé. L'intérêt d'être rapidement ivre est essentiellement économique. C'est un gros avantage lorsqu'on projette de devenir alcoolique. Pour ma part, l'argent ne manquerait plus, je n'avais donc plus vraiment besoin de me préoccuper de ce genre de considérations.

Depuis plusieurs semaines, je n'étais pas sorti de chez moi ni de mon éthylisme continu. J'avais trouvé un médecin qui m'avait diagnostiqué une « dépression légère ». Il avait prononcé le mot « burn-out ». Je détestais ces deux termes. Beaucoup trop galvaudés à mon goût. Je ne me pensais ni en dépression ni en burn-out. J'étais juste un gros con qui avait tout fait pour perdre ce qui l'avait jusqu'à présent préservé de la folie.

J'avais quand même pris son arrêt de travail.

J'avais aussi acheté un exemplaire de mon livre. Sur Amazon… Je ne supportais plus de voir la tête de Bel-Air chaque fois que j'entrais dans une librairie. L'ouvrage était de bonne facture. Je l'avais retourné pour prendre connaissance de la quatrième de couverture. Bel-Air me souriait comme un adolescent boutonneux qui vient de perdre son pucelage. J'y avais perçu tout son mépris et son arrogance. J'avais parcouru quelques pages et j'avais été étonné de ne pas reconnaître mon travail. Était-ce cette couverture ? Cette photo ? Le nom de Bel-Air sous le titre que j'avais choisi et que Vandevelde avait conservé ? Pour cela, j'étais grassement rétribué, mais on parlait partout du meilleur bouquin que

Bel-Air ait écrit. On le disait même en bonne position pour le Goncourt.

Bel-Air était un escroc. Un bon à rien, incapable d'écrire un seul chapitre qui vaille la peine d'être lu et encore moins édité. Malgré cela, il allait certainement recevoir un Goncourt avec un livre que j'avais écrit. L'injustice m'ulcérait l'estomac depuis toujours. Essentiellement lorsque j'en étais la victime, pour les autres, j'avais coutumièrement fait preuve de prudence. Il paraît qu'on récolte ce que l'on sème. Il est difficile de juger une injustice lorsqu'elle ne nous touche pas directement. Alors, je m'en étais toujours foutu.

J'allumai ma télévision et me servis un grand verre de whisky. Je n'avais pas beaucoup d'espoir de trouver un programme intéressant et encore moins intelligent, mais plutôt celui de m'oublier ainsi que tout ce qui avait pu constituer ma pathétique existence.

J'avais d'abord choisi une émission de cette jeune vedette de talk-show aussi débile que nuisible pour laisser les heures se diluer dans ma bouteille de Chivas. Mauvaise idée. Le spectacle m'avait uniquement convaincu de la décrépitude de notre société et attisé la colère qui brûlait au fond de moi.

En zappant de chaîne en chaîne, j'avais ensuite arrêté mon choix sur une émission pseudo-culturelle du service public. En matière d'analgésie, j'avais été servi. Les invités étaient pathétiques de médiocrité. J'avais été surpris de voir cette humoriste surliftée. Je la croyais morte depuis longtemps. Artistiquement, c'était assez juste.

Il y avait aussi la ministre de l'Égalité hommes-femmes. La Madone aurait pu paraître assez séduisante si elle avait eu l'intelligence de garder la bouche fermée, encore une de ces personnes qui aurait gagné beaucoup à apprendre à se taire. Un acteur médiocre était venu faire la promotion de son dernier film, et un rappeur à la mode, celle de son dernier disque. Les deux critiques littéraires étaient aussi sympathiques et bienveillants qu'un procureur israélien au procès d'un suprémaciste néonazi. Des auteurs sans intérêt se succédaient dans l'arène, arrivant souriants et manifestement heureux de venir défendre leurs œuvres et repartant déconfits, humiliés, démolis. C'était assez triste, en vérité ; et agaçant. L'animateur se tordait de rire à chaque coup porté par les deux tueurs à gages qui, au passage, s'en donnaient à cœur joie ; mordant, aboyant, grognant comme deux dobermans sous ecstasy.

Enfin, l'invité d'honneur fit son entrée. Franck Bel-Air apparut sur le plateau, souriant et dynamique. Rien à voir avec l'image d'alcoolo que m'avait décrite Vandevelde. Il en résultait certainement de la notoire consommation de cocaïne dont les vedettes de télé étaient friandes. Bel-Air salua les personnalités présentes d'un signe de tête franc et s'installa confortablement dans le fauteuil dédié ; jambes humblement croisées et mains sagement posées sur les cuisses. Il n'avait pas l'air d'appréhender la confrontation avec les deux tueurs. Il semblait même assez apaisé. Depuis le début de l'émission, j'avais été exaspéré par l'attitude et les propos des critiques. Je crois que c'était le but du concept. L'âge du buzz. Plus ça clash, plus ça marche. Étrangement, je me surpris à hésiter entre l'envie de voir mon livre encensé par les critiques et celle plus sombre de jouir de la mise à mort médiatique de Bel-Air. Rapidement, je m'aperçus que regarder Bel-Air se faire démolir me conviendrait parfaitement mieux, et aussi vite, je compris qu'il n'en serait rien. Je n'avais pas tout perdu, mais je sentais la complaisance forcée par je ne sais quel levier obscur. Pot-de-vin ? Contact bien placé ? Il était évident que les critiques avaient été invités à ménager notre Bel-Air national.

J'avais eu la nausée et j'avais éteint la télévision en proie à une fureur violente et des envies de bain de sang.

17

Je vous épargne les longues et douloureuses semaines qui succédèrent ma mise en quarantaine professionnelle ; rien d'intéressant à suivre l'enlisement dépressif et autodestructeur d'un paumé dans mon genre. D'ailleurs, il ne se passa pas grand-chose qui justifie d'être intégré à cette histoire. J'occupais la majeure partie de mes journées à somnoler devant une télévision ironique. Je voyais Bel-Air sur toutes les chaînes. Je mangeais Bel-Air, je rêvais Bel-Air, je chiais Bel-Air. Je haïssais tous ces gens qui lisaient et, pire, qui aimaient mon livre au point d'entretenir des idées de plus en plus sombres et morbides. Même Estelle ne m'inspirait plus que mépris et désir d'éviscération, particulièrement depuis qu'elle m'empêchait de voir Marcel. À mes yeux, ma nouvelle passion pour l'alcoologie ne méritait pas la punition qu'elle tentait de m'infliger.

Vandevelde m'appelait tous les jours. D'abord pour m'annoncer les montants faramineux qui allaient alimenter mon compte en banque, ensuite pour s'enquérir de l'avancée du prochain succès de Franck Bel-Air.

— Ça avance, Monsieur le Directeur. Ça avance…

Évidemment, rien n'avançait, à part ma connaissance en matière d'alcool rare. J'avais commencé à développer un palais assez sûr dans le domaine du whisky. Mon caviste était devenu un véritable ami dans la mesure où il demeurait la seule personne avec qui j'entretenais des liens quotidiens. Des liens commerciaux, certes, mais au regard de ce qu'était devenue ma vie sociale, ce substitut constituait certainement ce qui se rapprochait le plus d'une sincère relation. De plus, il détestait Franck Bel-Air. Lors de nos dégustations, nous échangions sur différents auteurs. Il avait des goûts certains autant en ce qui concernait les nectars exotiques qu'en littérature, et je repartais souvent chargé d'émotions et de breuvages délicats. Je renaissais un peu à son contact et m'éteignais dès que je repassais le seuil de ma porte. Vide… Alors je remplissais. Je dégustais chaque bouteille religieusement et je vomissais chaque litre de ce que j'avais avalé. Fait assez étonnant : au plus profond de ces moments de dépression, j'éprouvais une furieuse envie de baiser, surtout lorsque j'envisageai le suicide. La vie fait parfois bien les choses… Alors, je pensais à Estelle et à Karine. Et aussi à toutes les pouffiasses qui lisaient Bel-Air, le cul quasiment à l'air, allongées sur l'herbe des jardins publics ou aux terrasses de cafés. Il devait baiser, lui, Bel-Air. Il devait en séduire des connasses avec mon livre. Et moi qui mouchais mon envie de revivre dans des Kleenex en rêvant à ce que j'aurais pu devenir si ce livre avait été publiquement le mien.

Dire qu'il ne se passa rien d'intéressant durant cette période est, en réalité, un peu exagéré. Si l'on doit envisager les raisons qui m'ont amené ici, celle-ci en recèle la majeure partie. Il n'est pas uniquement question de ma chute dans l'alcoolisme. Plusieurs événements sont susceptibles d'illuminer les mécanismes de mon naufrage psychologique. La solitude, bien sûr, mais la déception surtout, la frustration, la colère, la jalousie.

Pendant cette période, j'avais été trahi par ma seule amie, j'avais été viré comme un bon à rien, j'avais définitivement perdu ma femme et sombré dans un alcoolisme profond. Pendant cette période, j'avais également enlevé une femme et j'avais pensé que rencontrer mon double littéraire m'aiderait à finir mon bouquin. En résumé, j'avais complètement pété les plombs.

18

Aurélie avait levé une piste intéressante. Les informations qu'elle avait obtenues du directeur du magasin s'étaient avérées précieuses. Il y avait ce type qui l'intriguait. Un connard détesté qui s'était fait virer quelque temps avant la disparition. Rien de particulier sur l'homme en question, mais un sentiment étrange, une intuition. C'est chez Aurélie qu'ils avaient convenu de se retrouver pour discuter de l'affaire. Harry avait été étonnamment enjoué à l'idée de creuser la piste soulevée par Aurélie. Avec son aide, il était certain de clore rapidement l'affaire. Il ne voulait pas, par contre, que Guérin sache qu'elle lui filait un coup de main. Il n'aurait pas apprécié. Aurélie avait accepté, contente de voir Harry s'intéresser sérieusement à une enquête.

— Je peux reprendre un café ?

— Oui ! Bien sûr.

— Tu en veux un ?

— Oui. Merci, Harry.

Harry s'était levé pour préparer deux expressos tandis qu'Aurélie relisait le compte rendu de ses investigations. Adam Armand était de toute évidence un étrange personnage. Pas d'ami connu, peu de famille. En tout cas, tous d'accord pour dire qu'il avait récemment pété les plombs. Il méritait qu'on s'intéresse très sérieusement à lui, d'autant que les relations qu'il entretenait avec la victime ne semblaient pas être des plus amicales.

Dans la cuisine, Julien préparait le dîner de Théo. C'était la première fois qu'il rencontrait Harry. Il avait l'impression de le connaître depuis toujours. Aurélie lui en avait souvent parlé. La pièce embaumait le carry de saucisse et Harry sentit l'eau lui monter à la bouche. Lorsqu'il entra dans la pièce, Julien se retourna vers lui.

— Vous avez besoin de quelque chose ?

— Je peux me permettre de faire deux cafés ?

Julien lui sourit en désignant la *Senseo* posée sur le plan de travail. La casserole crépitait et Julien se remit à remuer lentement son contenu.

— Ça sent bon dans votre cuisine. Qu'est-ce que c'est ?

— C'est un plat typique de l'île de la Réunion. Aurélie vous a dit que j'étais réunionnais ?

— Non. Je ne le savais pas.

— Elle vous aime bien, vous savez ?

Harry fit mine de ne pas être surpris. Il ne comprenait pas très bien pourquoi Julien lui avait fait cette confidence.

— Moi aussi, je l'aime bien, votre femme. Et c'est un excellent inspecteur. Elle ira loin.

— Mouais. Je sais…

Julien avait posé son regard sur Théo. Il semblait attristé par cette vérité.

— Elle ne vous a pas dit non plus qu'elle avait perdu son père quand elle n'était pas beaucoup plus vieille que Théo ?

— Ah non. Je ne le savais pas.

— Il était flic, comme vous…

Harry était mal à l'aise. Il se pressa de préparer le café afin de rejoindre au plus vite Aurélie. Avant de sortir, la voix grave de Julien le retint un instant.

— Faites attention à elle, Harry ! S'il vous plaît.

— Vous pouvez compter sur moi…

Harry était revenu à côté d'Aurélie. Sa discussion avec Julien lui avait laissé un profond sentiment de malaise. Il préféra vite oublier cet échange et se replongea immédiatement dans leur enquête.

— Alors ? Tu en penses quoi ?

— Il est intéressant, ton gars. En tout cas, c'est le suspect idéal… Toujours introuvable ?

— Toujours…

Ce matin-là, après qu'Aurélie eut dévoilé à Harry l'ensemble de ses suspicions, Harry s'était pointé chez Armand. Il fallait bien commencer quelque part. Il avait constaté l'absence de vie chez le suspect et attendu longuement la commission rogatoire pour y pénétrer. La perquisition n'avait pas donné grand-chose. À part étayer le portrait psychologique de l'homme, aucun indice n'avait été découvert. L'équipe scientifique était en train de rechercher des traces ADN de la victime. Harry pensait qu'ils ne trouveraient aucun élément digne d'intérêt. Chez Armand, ce matin-là, lui-même n'avait pu que constater son goût particulier pour les pizzas et le whisky, mais rien qui pouvait laisser penser que la disparue avait pu séjourner là. De son côté, Aurélie avait un peu fouillé dans la vie d'Armand. Travail, famille, amis… La routine habituelle. Rien de déterminant, elle avait simplement renforcé son intuition.

Harry mit un peu d'ordre sur la table, ôta quelques photos de la maison d'Armand et le livre de Franck Bel-Air qui ne le quittait pas. Aurélie porta la tasse à ses lèvres et souffla légèrement sur le nectar.

— Alors, ce Bel-Air ?

— Désolé, Aurélie, on attendra un peu pour le commentaire de lecture. Pas eu beaucoup de temps pour bouquiner, ces derniers jours.

Il avait dit ça avec un sourire las. Aurélie le lui rendit. Ça l'amusait de voir Harry s'impliquer, pour une fois. Lui, il rêvait de fondamentale, de tierce et de quinte, mais pour ça non plus, il n'avait pas eu beaucoup de temps. Guérin avait dit vrai. Il ne l'avait pas lâché… Il passait ses journées à le harceler pour s'enquérir de l'avancée de l'enquête. Il avait semblé satisfait de savoir que Harry avait une piste sérieuse, mais il voulait des résultats. Malheureusement pour Harry, Armand restait introuvable. Aurélie gardait un peu d'espoir concernant la femme d'Armand. Ils avaient rendez-vous avec elle une heure plus tard. Il était temps de partir.

Estelle les avait accueillis avec politesse, mais n'avait pas grand-chose à leur déclarer. Adam avait purement et simplement disparu. Plus de nouvelles depuis quinze jours. Elle semblait affectée par cette disparition. Harry et Aurélie ne lui avaient pas dit de quoi Adam était suspecté, simplement qu'ils recherchaient son mari.

— Ex-mari.

— Pardon.

Harry avait étalé le contenu de son cartable sur la table. Il recherchait les clichés du dossier « Armand ». Il avait négligemment posé son livre de Bel-Air sur une chaise libre et fini par trouver la photo de la victime.

— Vous reconnaissez cette personne ?

— Oui ! C'est Élyse Nellie. Une collègue d'Adam. Allez-vous me dire pourquoi vous recherchez mon ancien mari ?

Aurélie avait pris le relais. Elle s'était penchée sur la table et regardait intensément Estelle.

— Madame Armand. Nous avons quelques questions à poser à votre mari… pardon, ex-mari, au sujet de la disparition de cette femme.

— Vous pensez que c'est Adam qui l'a enlevée ?

— Et vous ?

Estelle était manifestement mal à l'aise. Elle se tortillait sur sa chaise, ne regardait jamais les deux inspecteurs dans les yeux. Aurélie avait la conviction qu'elle leur cachait quelque chose.

— Madame, je comprends que vous vouliez protéger votre ancien mari, mais vous ne lui rendez pas service. Il est peut-être encore temps. Si nous le trouvons rapidement, nous pourrions l'empêcher de faire une bêtise.

— Je ne sais pas, je vous ai dit que je n'avais aucune nouvelle de lui. C'est vrai que notre séparation ne se passe pas très bien, c'est vrai aussi qu'Adam… Il ne va pas très bien en ce moment… dans sa tête.

— Parlez-nous un peu plus de lui. Qu'entendez-vous par *il ne va pas bien dans sa tête ?*

Estelle s'était mise à pleurer. Harry avait préféré laisser Aurélie conduire l'entretien. Elle s'en sortait bien mieux que lui.

— Adam, il en veut à la terre entière. Il n'aime personne. Même moi, j'ai des doutes qu'il m'ait un jour aimée. Son fils, peut-être ? En tout cas, il est aigri et parfois méchant… C'est pour ça que je suis partie. Je ne supportais plus… Mais il n'est pas fou. Je ne le crois pas capable d'enlever quelqu'un. Et d'ailleurs, pourquoi ?

— C'est ce que nous souhaiterions savoir, Madame Armand !

Harry s'était levé et détaillait la colonne de CD. Rien d'intéressant ; en tout cas, aucun disque de jazz. Il commençait à décidément se faire chier ici. Il ne tirerait rien de cet interrogatoire.

— C'était quand la dernière fois que vous l'avez vu ?

— Il y a quinze jours. Adam, il ne savait pas pour moi et Florent… Florent, c'est mon nouveau conjoint. Enfin, au début, car je ne sais pas comment, mais il l'a appris et il est venu ici.

— Il était en colère ?

— Non, pas du tout. J'ai même été surprise. Il est venu pour me dire qu'il m'aimait et qu'il voulait que je revienne. Il m'a dit qu'il allait changer. Il avait l'air complètement ivre.

Elle s'était remise à pleurer.

— J'ai trouvé ça idiot. C'était trop tard ! Je ne pouvais plus revenir… Quel gâchis !

Aurélie avait sorti un paquet de mouchoirs de son sac et l'avait tendu à Estelle.

— J'ai pas été très sympa. Je lui ai peut-être fait croire que nous deux, c'était encore possible.

— Vous lui avez dit quoi ?

— Rien de particulier. Je l'ai pris dans mes bras.

— Et après ?

— Il est parti.

Aurélie et Harry aussi. Pas sans avoir laissé une carte à Estelle et l'avoir invitée à les joindre si quelque chose ou Adam lui revenait. Dans la voiture, Harry et Aurélie étaient restés songeurs. Ils cherchaient l'indice caché. Celui qui est là, dans la discussion, mais qu'on ne voit pas au premier regard. Enfin, surtout Aurélie. Harry pensait, à juste titre, que les résultats de l'entrevue ne seraient pas au goût de Guérin.

— Aurélie, tu peux me déposer au bureau ? Je vais mettre tout ça à plat et rédiger le rapport.

— Maintenant ? Mais il est 18 heures ! Tu ne préfères pas que je te ramène chez toi ?

— Merci, Aurélie, mais je vais travailler tard, ce soir. J'ai besoin de clarifier certaines choses sur cet Adam Armand.

Aurélie n'en revenait pas. Qu'avait-on fait à Harry ? Qui était ce nouvel inspecteur prêt à passer sa soirée à bosser sur une affaire plutôt que de retrouver Hélène et ses guitares ? Elle pouffa de rire. Harry sembla peu apprécier la moquerie, mais il décida de museler son amour propre. Il avait, à cet instant, autre chose en tête.

— Aurélie, ça te dirait de manger avec nous, ce soir ? On pourrait voir tout ça ensemble.

Harry sembla un peu gêné d'avoir fait cette proposition. Il fouilla son sac pour se donner une contenance.

— Merde ! J'ai oublié mon livre chez la femme d'Armand.

19

Il y eut bien un moment, dans mon inexorable chute, où j'avais inconsciemment cherché à infléchir la trajectoire de ma sortie de route. Je ne parle pas d'un revirement radical, tout au plus un sursaut. Peut-être la symptomatique tentative désespérée d'un condamné avant l'exécution. En y regardant de plus près, il m'apparaît plus réalistement l'image d'une gesticulation. De celle poussée par le malheureux implacablement piégé dans des sables mouvants. Illusoire et même contre-productive.

Ce soir-là, je m'étais enivré, bien sûr, mais vous l'aurez deviné, pas plus que d'habitude. Je m'étais décidé à sortir un peu. J'avais dû croire que j'en tirerais quelques bénéfices sexuels. Dans le meilleur des cas, j'entretenais l'espoir de trouver une nympho pas trop regardante en matière d'hygiène intime. Pour le pire, reluquer des culs toute la soirée m'aurait fourni un support formidable pour ma pratique quotidienne de la masturbation. J'avais évalué ces probabilités avant de m'engager et, un instant, j'avais suggéré qu'il serait plus simple et efficace de rester chez moi et de me branler. L'activité sexuelle solitaire facilite terriblement l'accès à la jouissance. Le sexe en duo m'avait toujours semblé tellement plus compliqué. Particulièrement lorsqu'il s'agit de faire naître le désir chez le sujet de notre convoitise. Je ne parle pas bien sûr de l'amour fou rencontré au coin de la rue, je n'en suis, d'ailleurs, pas spécialiste non plus. Il est question de l'art de séduire une femme que l'on veut simplement baiser. La pratique nécessite une énergie colossale, mais avant tout, une disposition à la concession inébranlable.

J'avais finalement décidé que tenter l'expérience ne pourrait pas me faire de mal. J'avais appelé un taxi. Mon état m'empêchait d'ores et déjà d'utiliser mon véhicule, et puis je pouvais me le permettre.

— Bonsoir, amenez-moi où l'on peut rencontrer des femmes, s'il vous plaît.

— Des putes ?

J'avais immédiatement compris que j'étais tombé sur un intellectuel.

— Non ! Des femmes. Un bar branché, quoi ! Je sais pas !

— Les putes, c'est des femmes, non ?

L'aventure me sembla tout à coup très mal partie. Je me dis qu'il n'était pas trop tard pour renoncer, mais l'homme de Néandertal avait fait démarrer son taxi. À ma plus grande satisfaction, il n'avait pas fait d'autre commentaire, ce qui me permit de croire qu'il avait compris ce que je lui demandais. Par précaution, je lui avais indiqué de prendre la direction de Paris et j'avais rapidement trouvé sur Internet une adresse précise. Je lui tendis mon téléphone.

— On va ici !

Il avait acquiescé sans sourciller et nous nous étions abandonnés à un mutisme salvateur. Je m'étais alors perdu dans mes souvenirs. Ceux de notre vie avec Estelle et Marcel. Tout ça me paraissait tellement loin. Malgré moi, mes yeux s'étaient voilés. Par chance, mon intellectuel de chauffeur n'avait rien remarqué. Lui, il roulait, imperturbable et probablement heureux. Beati pauperes spiritu… Connerie ! Il devait aussi avoir ses problèmes, ses démons ? Mais lui, au moins, n'avait pas cette envie continuelle de supprimer la moitié des gens qui l'entouraient.

Nous étions arrivés à destination. Je lui filai ma carte bleue et le laissai largement se servir. Quelques minutes plus tard, je me retrouvais seul sur le trottoir à regarder la nuit le dévorer.

Une dizaine de gamins débiles et ébréchés fumait tranquillement devant l'établissement. Je m'étais senti un peu con. Le plus vieux devait à peine être pubère. Qu'est-ce que je faisais ici ? Ils m'avaient bien sûr observé avec curiosité et j'avais cru entendre quelques moqueries puériles lorsque j'avais percé leur petit attroupement. Je m'en foutais. J'étais plus riche qu'ils ne le seraient jamais et je savais, par expérience, que la vie ne les épargnerait pas. Je m'en réjouissais secrètement. J'aurais bien aimé leur en faire prendre conscience, mais je n'étais pas venu pour ça.

À l'intérieur, j'avais pris une sérieuse claque. Je voulais des gonzesses, j'étais servi. Le bar était étroit et surtout bondé de jeunes pétasses toutes plus désirables les unes que les autres. Des gamines ; mais des culs… Je m'étais frayé un passage vers le comptoir où je projetais d'établir mon camp de base. La chose fut faite difficilement. J'avais frôlé des seins, posé ma main sur des épaules chaudes, croisé des regards curieux et accueilli des sourires innocents. Un groupe de rugbymen en très mauvais état avait, en quittant le comptoir, ouvert mon champ de vision et laissé une place de choix sur un tabouret de bar qui n'attendait plus que moi.

Je m'étais retrouvé assis au milieu d'une marée de jeunes femmes en chaleur. C'était étrange, mais pas désagréable. Mon regard ne savait plus sur quel décolleté se poser ni à quels seins se vouer. J'avais passé un long moment accoudé au bar à bouffer des yeux le moindre morceau de peau juvénile que toute cette jeunesse m'offrait avec impudeur. J'avais mal aux couilles. Et une fulgurante envie de pisser, mais je savais qu'en allant me soulager, mon poste serait immédiatement pris d'assaut. Je me fis violence pour profiter au maximum de mon point de vue exceptionnel en me balançant sur le tabouret.

Les heures passèrent au rythme des verres descendus. Le bar se vida lentement. Moi, j'avais fini complètement plein. J'avais enfin pu aller pisser et j'avais retrouvé ma place occupée par une créature solitaire. Je n'avais plus vraiment d'espoir de repartir accompagné. J'avais été incapable d'engager une seule conversation. Toute la soirée, des filles étaient simplement venues me frôler tandis qu'elles commandaient leur verre à côté de moi. Parfois, elles m'avaient souri gentiment. Souvent, elles ne m'avaient même pas remarqué. J'allais appeler un taxi, mais je voulais boire un dernier verre et peut-être enfin réussir à entamer un échange. Je m'étais appuyé sur le comptoir à côté de la fille. Je l'avais aperçue plusieurs fois. Elle avait passé la soirée avec un petit groupe d'amis et il m'avait semblé que nos regards s'étaient régulièrement croisés.

Côte à côte, face à notre alcoolisme, une gêne s'était installée. J'avais l'impression qu'elle attendait quelque chose. Elle était jeune. Pas un canon, mais raisonnablement attirante. Finalement, ce fut elle qui engagea la conversation.

— Bonsoir. Vous êtes seul ? Moi aussi.

Il ne faisait aucun doute qu'il se fût agi d'une suceuse (pas au sens érotique, malheureusement ! Bien qu'elle dût maîtriser le sujet). Ce genre de femmes qui saute instinctivement sur tout ce qui est susceptible de posséder un portefeuille bien garni. Vu ce que je m'étais enfilé, seul depuis des heures, lamentablement avachi sur le zinc du comptoir, elle avait forcément dû flairer l'argent ; et le chagrin. Elle, empestait le sexe rance et la vénalité.

Dommage. Je suis encore plus con bourré qu'à jeun. Je l'aurais bien sautée si j'avais été en mesure de bander, mais étant donné mon état de poivrade avancé, cet horizon apparaissait comme un très prochain fiasco et m'aurait sûrement coûté un bras. Il ne faut pas rajouter de peine à la peine.

La conversation commença assez agréablement sur des banalités vides de sens, mais confortables ; qu'*est-ce que vous buvez ? Comment vous appelez-vous ? Ah ! Vous êtes dans le commerce. Ma sœur travaille dans une boutique de fringues. Ah ! Vous êtes cadre ?*

Là, évidemment, l'étincelle au fond du regard, le rapprochement subtil de son bras vers le mien, l'impétueuse éloquence du silence qui avait suivi…

— Vous n'avez pas la tête de l'emploi.

— Je vous demande pardon !

— Votre job ! Je vous aurais imaginé faire autre chose.

(Allons donc !)

— Et vous m'imaginiez faire quoi, par exemple ?

Elle m'avait observé un instant.

— Je ne sais pas. Je vous verrais bien dans un milieu intellectuel ou artistique… L'édition ou le cinéma, peut-être.

(Sérieusement.)

Son avant-bras touchait maintenant le mien et son visage était subtilement passé en dessous de la barrière érotique des vingt centimètres. Elle m'offrait son regard de bécasse énamourée et son haleine de vieille cougar alcoolique. Elle susurrait ces inepties comme un envoûtement. La meilleure façon de ne pas passer pour une conne aurait été de la fermer ou de ne pas boire (peut-être les deux). Manifestement, celle-là n'était capable ni de l'un ni de l'autre. Je commençais sérieusement à m'emmerder.

— J'aimerais bien vous proposer quelque chose.

Elle avait plongé son regard désœuvré dans le mien.

— Vous avez des qualités certaines, mais la conversation n'en fait vraisemblablement pas partie. Si on passait directement au chapitre où je vous baise, on économiserait un peu de temps et, pour moi, beaucoup d'ennui. Je peux appeler un taxi et louer une chambre d'…

Elle m'avait instantanément giflé. Je le méritais. Étrangement, j'avais aimé et même ressenti un léger soubresaut au fond de mon caleçon mortifié.

Allez ! Reviens.

Trop tard !

Elle avait disparu avec mes espoirs de baise anonyme. Je vous l'avais dit plus haut, l'art de séduire nécessite une disposition à la concession inébranlable. Je m'étais prouvé que j'en étais cruellement dépourvu.

J'avais appelé un taxi. J'étais rentré chez moi. Même pas envie de me branler. J'avais pourtant essayé, mais ma colère m'avait totalement empêché de jouir. Je m'étais endormi lamentablement et douloureusement seul.

20

Le lendemain, mon échec cuisant m'avait encouragé à tenter de reprendre ma vie en main. J'avais appelé Estelle. Je devais la voir. Je devais essayer de réparer. Pourquoi pas ? Elle m'avait aimé. Ça arrivait, des couples qui se reformaient. N'a-t-on jamais vu rejaillir le feu d'un ancien volcan qu'on croyait trop vieux ? Je ne comptais bien évidemment pas lui chanter Brel, mais au moins lui faire entendre qu'elle me manquait. Elle avait dû me trouver convaincant (au début), car elle m'avait invité à venir discuter chez Florent, et avec son accord, s'il vous plaît ! J'avais enregistré l'adresse sur mon GPS et j'étais immédiatement parti. J'étais arrivé beaucoup trop tôt. Je m'étais garé devant chez Florent et avais moisi trois heures avant de pouvoir me présenter. Pendant cette attente interminable, j'avais pris conscience que je ne m'étais toujours pas lavé. Mon haleine aurait fait fuir un SDF. J'avais cherché en vain un paquet de chewing-gums dans la boîte à gants lorsque je les avais vus sortir de la maison. C'est d'abord une foudroyante envie de pleurer qui m'avait étreint. Rapidement, un dessein de meurtre… Marcel avait un peu changé et je me rendis compte du temps qui s'était écoulé depuis la dernière fois. Il était beau, et sa main dans celle de Florent (j'avais supposé que c'était Florent) m'avait tiré un sanglot. Je m'accrochais désespérément au volant de ma voiture, comme pour m'empêcher de me ruer sur cet homme pour lui fracasser la mâchoire sur le trottoir à la méthode « Edward Norton » dans *American History X* (le racisme en moins). Florent lui parlait. Je les avais regardés descendre la rue avec une envie écrasante de planter un couteau dans le plexus de Florent. Marcel avait ensuite disparu à

109

l'angle de l'avenue des Chanoines et la rue des Lilas, enlevé par celui que je me promis de tuer.

J'avais compris qu'Estelle ne souhaitait pas que Marcel soit présent. Finalement, c'était elle qui me l'arrachait. C'est peut-être elle que je tuerais. Pas maintenant. Pour l'heure, il s'agissait de faire la paix et de la convaincre de revenir. J'étais quand même venu pour ça.

Elle m'avait accueilli avec son éternel sourire triste. Je la trouvais encore belle. Ça pouvait aider. Elle m'avait invité à entrer et m'avait proposé à boire. J'avais hésité à lui demander un whisky et avais finalement opté pour un café. J'explorai la pièce dans laquelle ma famille passait dorénavant ses jours tandis qu'Estelle partit s'affairer dans la cuisine. Un instant, j'avais éprouvé une étrange sensation. Comme si rien n'avait changé. Comme si nous étions ensemble, chez nous et que Marcel allait apparaître avec son *Robocar Poli* préféré. Lequel était-ce ? *Roy* ? *Poli* ? Qu'est-ce que ça pouvait foutre ?

Putain qu'il me manquait.

Estelle avait installé les cafés sur la table. Elle avait disposé les tasses aux extrémités les plus éloignées et m'avait invité à m'asseoir.

— Ça va, toi ? T'as l'air… fatigué.

— Ça va, merci. Et toi ? Tu as l'air… épanouie…

Ses joues s'étaient légèrement empourprées. Elle avait baissé les yeux sur sa tasse.

— C'est pour Marcel que tu es venu ?

Ce n'était pas tout à fait une question. Elle ne souriait plus. Il y avait quelque chose qui avait changé chez elle, mais je n'arrivais pas à dire quoi. L'assurance ?

— Non. Enfin, un peu, mais c'est d'abord pour toi…

L'assurance avait vite disparu et elle sembla gênée.

— Adam. Je suis désolée. C'est plus possible…

— Pourquoi ? On est une famille, non ? Tu vas pas me faire croire que tu l'aimes. Tu peux pas tout foutre en l'air pour une coucherie.

Elle m'avait dévisagé. Je l'avais de toute évidence mise en colère.

— N'inverse pas les rôles ! C'est toi qui as tout foutu en l'air.

Cette saloperie d'assurance qui revenait à la charge.

J'avais été sonné par sa réponse. Peut-être parce qu'elle avait raison. Peut-être parce que je ne voulais pas l'entendre. J'avais plongé dans les ténèbres de mon café et avais réussi à museler mon envie de lui dire ses quatre vérités. Ça m'avait surpris autant qu'elle.

— Tu es heureuse ?

— Je crois.

— Et Marcel ?

— Tu lui manques…

J'avais doucement posé mon front dans ma main. J'avais pris la réelle mesure de mon anéantissement et su que c'était fini, que je ne m'en sortirais pas. Tout allait s'accélérer. J'allais dévisser. Pas tout de suite. Pas ici. Pas Estelle…

— Je suis content pour toi… Pour vous.

J'avais des envies d'étranglement, de lacérations, d'éviscération… Au mur, les photos de Florent me narguaient. Ma tête avait commencé une série de loopings et je m'étais senti défaillir. J'y avais été fort la veille et je me demandais si mon corps n'était pas en train de me rappeler à ma condition de quarantenaire corrompu.

— Ça va, Adam ? T'as pas l'air bien.

— Non ! Ça va… Je vais te laisser. C'est mieux.

En me levant, j'avais manqué de m'évanouir et m'étais retenu à la table.

— Adam ! Qu'est-ce qui t'arrive ?

Estelle avait bondi et m'avait rattrapé juste avant que je sombre. Nos visages étaient à présent à quelques centimètres et j'avais regretté d'être parti sans au moins me laver les dents. Nous nous étions regardés quelques secondes. Tout avait disparu autour de nous. Il n'y avait plus de Florent, plus de Bel-Air, plus rien. Juste nous deux, comme au début. Elle me tenait fermement par les hanches et puis elle avait desserré légèrement son étreinte, comme si ç'avait été moi, l'amant. Là, à quelques respirations du visage de ma femme évanescente, je sus que j'allais faire une connerie. Ça mettrait certainement du temps, mais ça me paraissait inévitable. Plus que notre conversation, ce simple relâchement me convainc que plus rien ne me retenait à cette vie et que toute cette histoire finirait mal.

J'étais parti comme j'étais venu. Avec un profond sentiment de désespoir et un besoin irrépressible de faire du mal. Je m'étais encore une fois saoulé. Pas comme d'habitude. En moins de vingt minutes, j'avais avalé une bouteille entière de whisky que j'avais accompagnée de quelques bières. J'avais fini par tomber sur le sol comme mort et m'étais oublié dans un lourd sommeil comateux.

21

La sonnerie de mon téléphone m'avait arraché à mon coma éthylique. Je m'étais d'abord demandé où j'étais. Mon entretien avec Estelle avait violemment refait surface en même temps qu'un renvoi de whisky. J'avais vomi ce que je n'avais pas mangé la veille. J'avais ensuite laborieusement escaladé le canapé et décroché.

— Allô ? Adam ?

— Mouais…

— Bonjour, c'est Thierry.

Étonnamment, j'avais éprouvé du plaisir à entendre sa voix. C'est parfois de personnes dont vous n'attendez rien que vous viennent les plus grands bonheurs. Je renouais à travers ce timbre avec mon ancienne vie.

— Salut, Thierry ! Comment ça va ?

— C'est à toi qu'il faut poser la question.

— Ça va, ne t'inquiète pas, je reprends du poil de la bête…

J'avais forcé un ricanement, mais je savais qu'il n'était pas dupe.

— Je ne t'appelle pas pour t'annoncer de bonnes nouvelles… Enfin ! Si, mais pas que…

Qu'essayait-il de me dire ? L'apaisement avait vite cédé à l'énervement. J'avais toujours détesté sa manière de tourner autour du pot, mais à cet instant, sa pathologique manie de parler pour ne rien dire m'excédait.

— Vas-y, Thierry. Accouche.

— D'accord ! Alors la bonne nouvelle, c'est qu'on a attrapé le voleur du magasin.

J'avais compris que cette bonne nouvelle engageait inévitablement une mauvaise, et étant donné mon manque récent d'implication pour ma vie professionnelle, je savais que la première ne compenserait pas la seconde.

— Et la mauvaise ?

— … Les mauvaises…

— …

— C'est Karine.

— Quoi Karine ? Qu'est-ce qu'elle a, Karine ?

— C'est elle qui tire dans le magasin…

Ça commençait à faire beaucoup pour un seul homme. Merde ! Karine ! J'avais repris un peu mes esprits et le retour à la réalité m'avait redonné une légère ambition pour la vie. Pas de quoi transformer radicalement le cours de mon existence, mais suffisamment pour éveiller en moi l'envie de retourner remuer ce tas d'ordures.

— D'accord. J'arrive.

— Adam. Attends… La deuxième mauvaise nouvelle, c'est que tu es viré.

Viré ! Moi ! L'information avait résonné dans ma tête.

— Je suis désolé, Adam. C'est pas ma décision. Ça vient d'en haut.

— Je comprends, Thierry.

— La direction estime que tu as ta part de responsabilité. C'est ton secteur, et puis il y a ton arrêt de travail, sans compter Élyse et ses sbires qui se sont fait un plaisir d'en rajouter une couche.

Je ne sais toujours pas aujourd'hui ce qui m'a le plus anéanti. Karine ! Ma Karine qui me tire dans le dos ou la défaite définitive face à Élyse ? C'était pire qu'Estelle. J'aurais encaissé tous les coups tant que Karine était à mes côtés. Ma famille en miettes, ma vie en lambeaux et mon unique amie venait de me trahir. À partir de ce moment, quoi que je fasse, tout ne pourrait être que pire. J'étais définitivement seul.

— Allô ? Adam ? Tu es toujours là ?

J'étais toujours là, mais j'aurais aimé être ailleurs, ou nulle part.

— On a viré Karine, bien sûr. C'est Coralie qui nous a mis la puce à l'oreille. Elle a vu sur *Leboncoin* un vendeur officieux de notre marque de distributeur… Du matériel neuf, évidemment… On lui a tendu un piège, avec la police. On est tombés sur le cul quand Karine s'est pointée pour nous refourguer une scie sur table du magasin. La perquisition a révélé un stock d'outils incroyable chez elle…

— Ça va, Thierry ! J'en ai assez entendu, et puis… je n'en ai plus rien à foutre, maintenant…

— OK, Adam. Je t'emmerde pas plus longtemps. T'inquiète pas, mon vieux. Tu as d'énormes qualités professionnelles, tu retrouveras vite un job.

J'avais ricané, sincèrement cette fois. Je ne m'inquiétais ni pour ma vie professionnelle ni pour ma vie matérielle. Je m'inquiétais avant tout pour ma santé mentale…

— Si j'entends parler d'une offre dans le milieu, tu peux compter sur moi…

— Merci, Thierry. Tu salueras Élyse pour moi…

— …

22

— Je vous ressers un peu de pommes de terre ?

Aurélie leva une main, paume ouverte, et condamna sa bouche de son poing serré.

— Merci, Hélène.

— Tu reprends du vin, au moins ?

Cette fois, Aurélie avait levé les yeux au ciel et regardé son partenaire :

— Non ! Merci, Harry. Je reprends surtout le volant…

Harry s'était resservi. Il avait aussi repris des pommes de terre. Hélène, de son côté, évoluait entre la salle à manger et la cuisine en parfaite maîtresse de maison, comme d'habitude. En réalité, plus que d'habitude. Ce n'était pas tous les jours que Harry rentrait avec une collègue de travail. Elle le lui reprochait parfois. Pas violemment, mais elle ne comprenait pas l'hermétisme de son mari. À la maison, il n'était jamais question de son travail. L'inverse devait être vrai aussi, se disait-elle.

— Reprenez un peu de viande quand même.

— Oh non ! Merci, Hélène, j'ai très bien mangé. Vous êtes adorable.

Hélène accueillit le compliment avec un large sourire et un clin d'œil discret.

— Votre mari ne va pas vous en vouloir de l'avoir abandonné pour passer la soirée avec deux grabataires comme nous ?

— Si, probablement, mais pas plus que mon fils.

Aurélie sentit un froid dans la conversation. Pas très adroit de sa part. De toute évidence, Hélène supportait mal

116

l'allusion à Théo. Ou alors s'attendait-elle à un démenti du qualificatif « grabataire » ?

— Et puis, cette enquête a quelque chose de grisant, de captivant. N'est-ce pas, Harry ?

Harry avait levé les yeux de son assiette. Il semblait surpris d'être pris à partie. Hélène aussi. Harry ne semblait pas partager l'enthousiasme d'Aurélie. Lui, ce qu'il souhaitait avant tout, c'était surtout que Guérin lui lâche les baskets, et pour ça, il fallait régler cette affaire au plus vite. En regardant Aurélie déguster le moelleux au chocolat d'Hélène, il s'avoua néanmoins que quelque chose d'autre le motivait sur cette enquête. Ce n'était pas l'affaire en elle-même. Ce qu'il appréciait, c'était avant tout la compagnie d'Aurélie. Il la regarda discrètement et se perdit un instant dans ses rêveries. Elle aurait pu être sa fille. Là, assise à côté de lui. Une fille unique… leur enfant…

— Ça fait longtemps que tu n'es pas venue manger à la maison ! Je dis ça… C'est surtout à ta mère que tu manques…

— Je sais, papa ! J'essaierai de passer plus souvent !

— Et il faut que tu lèves le pied avec ton travail ! Comment ça se passe avec Julien et Théo ? Quand est-ce que vous venez manger à la maison, tous les trois ?

— Pas tout de suite. Je suis sur une grosse affaire… Une disparition. J'attends les bandes-vidéo du magasin, je dois toutes me les faire demain. Et toi ? Tu prévois quoi ? Harry ? Tout va bien ?

Harry cligna des yeux et lui présenta un sourire niais.

— Oui ! Ça va. Je pensais à Armand.

— Ah ! Alors, tu as prévu quoi pour demain ?

— Je vais retourner au magasin. Je vais interroger tout le monde. Il y a encore quelques zones d'ombre que je voudrais éclaircir. J'ai rendez-vous avec la mère d'Armand en fin d'après-midi… Et avec Guérin dans la foulée… Je te tiendrai au courant.

Harry leva les yeux vers l'ouverture qui menait à la cuisine, comme pour s'assurer qu'Hélène n'allait pas surgir à l'improviste. Il savait que ce réflexe était complètement stupide. Il entendait Hélène qui avait commencé la vaisselle de la soirée. Il se surprit à ressentir une fugace envie de lui faire l'amour. Il chassa rapidement cette image et se retourna vers Aurélie.

— Je suis gêné de te parler de ça et j'ai pas envie de créer des ennuis, mais… Je voulais te parler d'un truc qui me turlupine…

— Vas-y, Harry, je suis ouverte… Raconte-moi.

— Tout à l'heure… Lorsque je suis allé préparer les cafés chez toi, on a discuté un peu avec Julien… Il m'a dit que ton père était flic ! Et… qu'il était… décédé…

Harry regretta cette dernière formule. Il se dit qu'il aurait pu trouver mieux, un peu moins « aseptisé ». Il reprit :

— C'est pour ça que tu as voulu devenir flic ?

Aurélie le dévisagea. Elle avait soudain rougi. Harry se demanda si elle n'avait pas abusé du vin, finalement. Mais il comprit à son regard que sa question l'avait mise dans une colère froide.

— Tu vois, quand tu veux… Tu y arrives à mener une enquête !

Harry avait reçu la réplique comme un taquet derrière la tête. Un peu abasourdi et particulièrement surpris. Le plus surpris des deux restait Aurélie. Qu'est-ce qui lui avait pris ? On ne parle pas comme ça aux gens… Et particulièrement à son collègue de travail… Et ami ?

— Excuse-moi, Harry ! Je ne sais pas ce qui m'a pris…

— Pas grave. J'imagine que le sujet est sensible.

— Eh bien, pourtant, non ! Enfin, pas habituellement. Je sais pas… C'est d'en discuter avec toi… Ça me fait bizarre…

Hélène était réapparue, les bras chargés d'un plateau fumant.

— Café ?

— Tisane.

Un silence gênant s'était installé. Hélène pensa immédiatement que sa présence troublait l'avancée de l'enquête. Elle servit rapidement Aurélie avant de s'excuser en s'enfuyant dans la cuisine.

— On peut parler d'autre chose, si tu veux ?

— Non ! Si tu veux savoir, il est mort quand j'avais trois ou quatre ans.

— Une affaire qui a mal tourné ?

— Pas vraiment ! Un type avait grillé un feu rouge… délit de fuite… mon père l'a pris en chasse, il a fini dans le fossé… C'est même pas un héros ! Julien a raison, finalement… C'est complètement débile de m'accrocher à ce rêve de devenir une grande flic pour lui… Si ça se trouve, il aurait voulu que je sois médecin…

Harry regretta d'avoir soulevé ce sujet. De quoi se mêlait-il, d'ailleurs ? Qu'est-ce que ça pouvait lui faire ?

— Je suis désolé, Aurélie. J'aurais pas dû te parler de ça…

— Si ! Tu as bien fait, Harry. Ça me fait du bien d'en parler… à quelqu'un d'autre que Julien.

Harry posa sa main sur l'avant-bras d'Aurélie.

— Je n'ai pas connu ton père, Aurélie. Je ne sais pas ce qu'il souhaitait pour toi. Ce que je peux te dire, c'est que moi… Je n'ai pas connu d'enfant… C'est quelque chose dont on ne s'est jamais vraiment remis avec Hélène, mais ce qui est sûr, c'est que si nous avions eu une fille… On aurait souhaité qu'elle soit exactement comme toi… Ton père aurait été fier de toi. Quoi que tu fasses…

Aurélie avait ravalé un sanglot. Elle aurait aimé remercier Harry, mais elle savait que le moindre mot laisserait s'écouler le flot de tristesse qu'elle réprimait. Elle se contenta de le fixer, les yeux humides, et de souffler doucement sur la tisane qu'Hélène lui avait servie.

23

Les Japonais distillent un whisky hors du commun. On s'y attendrait de la part des Irlandais ou des Écossais, qui se placent en bonne position en matière de production et de qualité, mais il faut reconnaître que les Japonais disposent d'un niveau incomparable.

Durant les semaines qui suivirent mon licenciement, je pris coutume de me déplacer continuellement accompagné d'une de ces merveilleuses distillations. Bien sûr, je ne sortais que très peu, alors ça facilitait cette résolution. Il m'arrivait cependant de mettre un pied dehors. Jamais le jour. Le jour, je buvais, la nuit, je rôdais (je buvais aussi). Presque toujours le même parcours : d'abord, je traînais dans des bars de nuit. J'avais besoin de ressentir la vie autour de moi. Ensuite, j'allais chez Florent. Je restais des heures à regarder la maison. J'attendais. Je ne savais pas exactement quoi. Apercevoir Marcel ? Surprendre Florent seul et lui planter mon couteau entre les omoplates ? Durant ces longues heures d'observation, j'imaginais les pires scénarios. Était-il en train de bercer mon fils ? Baiser ma femme ? Chaque nuit, j'apprivoisais un peu plus ma colère. Je la sentais devenir chaque fois plus violente, plus présente. Comme un fauve que j'aurais dressé, sauvage et illusoirement contrôlable. Je la nourrissais, je la contemplais grandir avec stupéfaction. Par moments, je la laissais m'échapper volontairement. J'étais pris alors de terribles épisodes de rage. Il m'arrivait de hurler dans ma voiture, de frapper des dizaines de fois mon volant et puis mes cuisses. Je me tirais les cheveux, me griffais jusqu'au sang. Enfin, je reprenais doucement le contrôle et je me répétais inlassablement :

— Il va payer. Tu le tueras ! Tu le tueras ! Tu le tueras ! Tu le tueras ! Tu le tueras ! Tu le tueras ! Tu le tueras ! Tu le tueras ! Tu le tueras !

Ça pouvait durer plusieurs minutes et puis je partais. Je roulais sans savoir où j'allais. Je plantais parfois en face de chez Karine. Putain, Karine ! J'aurais voulu lui parler, comprendre. Comprendre quoi ? Elle m'avait bien baisé. Il n'y avait pas grand-chose à rajouter. Il m'était arrivé de retourner sur le parking du magasin. J'avais même chié devant l'entrée du personnel.

Ce fut lors d'une de ces nuits d'errance que je fis l'irréversible rencontre avec Élyse. Le parking était désert. Je m'y étais encore une fois arrêté pour finir mon Knockando. Je n'avais d'abord pas remarqué sa voiture. Elle était garée à quelques mètres de l'entrée du magasin. Qu'est-ce qu'elle foutait là ? Elle devait sûrement être de permanence.

Lorsqu'on est cadre dans un magasin comme celui dans lequel j'avais passé la majeure partie de ma carrière, le tour de permanence peut vite devenir un cauchemar. On peut être appelé à n'importe quelle heure de la nuit pour venir effectuer une levée de doute après un déclenchement d'alarme intempestif. La plupart du temps, il s'agit d'un carton mal assuré qui s'est cassé la gueule dans une allée. Parfois, un nuisible suffisamment gros pour déclencher la téléalarme, et assez souvent, une raison inexpliquée. On arrive alors au magasin la tête en vrac, on constate que rien ne justifie une intervention et l'on repart se coucher en priant que l'alarme ne se déclenche pas une nouvelle fois.

Élyse avait hérité du mauvais tour.

Je scrutais les alentours, puis les fenêtres des bureaux. Les lumières s'allumaient et s'éteignaient après quelques minutes. Je pouvais suivre son parcours comme si j'étais à côté d'elle. Le bureau des cadres. Les vestiaires. Le bureau de Thierry… La visite allait bientôt se terminer. Je ne devais pas rester là.

Si elle tombait sur moi, ici, en pleine nuit, qui sait ce qu'elle pourrait avancer pour me foutre dans la merde.

Je n'avais pas bougé.

J'avais attendu qu'elle sorte du magasin, qu'elle arrive jusqu'à sa voiture, qu'elle lève les yeux pour opérer un dernier contrôle des environs, qu'elle aperçoive la mienne et qu'elle décide de venir voir ce que cette bagnole faisait sur son parking.

Elle s'était approchée prudemment. Enfoncé dans mon siège, je sentais mon pouls frapper mes tempes avec violence. Élyse avait ralenti à quelques mètres et se penchait pour discerner une présence éventuelle. La nuit était noire et je savais qu'elle ne pouvait rien percevoir de là où elle se trouvait. J'avais allumé mes phares. Elle s'était redressée soudainement. La tête qu'elle faisait… Ses mains tremblaient et j'avais l'impression qu'elle vacillait. J'avais ouvert ma portière et étais resté immobile quelques secondes avant de m'extraire, terminant de lui coller la frousse de sa vie. Enfin, j'étais sorti furtivement pour me placer dans le faisceau des phares.

Il ne fallut que quelques secondes pour que tout bascule…

D'abord, un cri hystérique. Un cri à vous percer un tympan. Un cri de film d'horreur et, dans cette longue complainte, mon nom qui s'envole dans la nuit. Ensuite, la peur, celle de sa terreur, mes mains en l'air et ma voix qui balbutie des mots d'apaisement, en vain, le son mat de mon poing sur sa gueule pour la faire taire et Élyse, assommée, qui s'étale de toute sa graisse sur le parking obscur. Il y eut aussi quelques gémissements à chaque coup de pied généreusement distribué sur son corps inerte, et enfin, plus rien, juste le silence et l'effroi.

Je restai tétanisé quelques minutes, contemplant le macabre spectacle de l'amas de gras répandu à mes pieds avec une intense envie de vomir et des questions plein la tête.

Imaginez qu'à cet instant, je n'avais que peu d'options. Elle respirait. Difficilement, mais elle respirait. C'est vrai que le passage à tabac ne présentait aucun caractère impératif. Dans l'urgence, je m'étais vu contraint de la faire taire. La vingtaine de coups de latte, c'était surtout pour me faire plaisir. Je les envisageais comme la cerise sur le gâteau. Un petit bonus bien mérité, mais qui me mettait un peu dans la merde…

Le plus embêtant, c'est qu'elle m'avait reconnu et qu'elle pouvait me balancer dès son réveil. Ce qu'elle ne manquerait certainement pas de faire juste pour le plaisir de me voir m'enfoncer encore davantage. Le jour allait se lever et il me fallut prendre très vite une décision. Assez bêtement, j'avais pensé que la mettre dans mon coffre me laisserait quelques heures de réflexion. Il était évident que ce projet, au-delà de rendre une situation déjà compliquée dorénavant inextricable, se révéla impossible à mettre en place.

Celui qui n'a jamais essayé de soulever un corps inerte ne peut pas comprendre. Il s'agit d'une tâche extrêmement difficile. J'avais souvent entendu ce postulat dans différents films ou séries policières. Malgré tout, même si le projet s'avérait particulièrement épineux, il n'en était pas moins envisageable. Soulever une vache inerte était, par contre, complètement impossible. J'avais tout juste réussi à la faire rouler jusqu'au coffre de mon Audi, et encore, à grand-peine. J'étudiais à présent les meilleures prises pour la hisser jusqu'à l'ouverture, mais il fallut me rendre à l'évidence ! Je n'y arriverais pas tout seul.

J'avais épuisé toutes les solutions pour tenter de soulever ce poids mort lorsque j'eus ce qu'on pourrait considérer comme un éclair de génie. Je fouillai dans les poches d'Élyse et en sortis le trousseau de clés du magasin. Il ne me restait que très peu de temps avant que le soleil ne se lève et surtout avant que les premiers employés ne se présentent. Je courus à travers les allées et arrivai au rayon outillage. Me retrouver ici après les événements récents me mettait dans un drôle d'état, pas vraiment mélancolique, mais plutôt d'amertume étranglée. Je repensai à Karine. C'était peut-être elle que j'aurais dû savater. En attendant, il fallait faire vite. Quelques sangles au rayon quincaillerie et j'étais prêt. Je courais sur le parking, tirant le lève-plaque emprunté au rayon outillage. Un modèle d'exposition muni de roulettes. Je réussis à y fixer Élyse à l'aide des sangles. Le plus dur fut sans aucun doute de redresser le support de plaque. Je fis levier en m'appuyant de tout mon poids, mais j'arrivais à peine à la faire décoller de terre.

Après un nombre incalculable de tentatives infructueuses, je réussis assez miraculeusement et sans me faire un tour de reins à soulever Élyse. Quelques coups de manivelle et elle fut enfin servie à l'appétit gargantuesque du coffre de mon Audi. Ce dernier l'avala dans un bruit de portière. J'eus juste le temps de remettre le lève-plaque à sa place et de disparaître avant que les premiers employés ne commencent leur journée.

J'avais eu chaud. Élyse ne me causerait pas d'ennuis pour l'instant. Une question déterminante martelait mon cerveau encore embrumé par le Knockando. Qu'allais-je faire d'elle ? Elle m'avait reconnu. Elle avait hurlé mon nom et elle manifesterait un plaisir inavouable à me voir inculper de coups et blessures… et maintenant d'enlèvement ! Il était hors de question de faire passer ce coup de folie pour un accident : je l'avais tabassée à coups de pied, et puis on n'utilise pas accidentellement un lève-plaque pour charger une femme évanouie dans son coffre. Je roulais dans le crépuscule un peu au hasard. Je cherchais une idée pour me sortir de cette merde ! J'avais pris l'A6 instinctivement. C'était l'autoroute de nos vacances avec Estelle et Marcel. Je me remémorai nos départs annuels, tous les deux au début, puis à trois, il me semblait depuis une éternité. Je revis un instant la main de Marcel dans celle de Florent et mon volant me servit une nouvelle fois d'exutoire.

Le jour était maintenant clairement levé et je ne savais toujours pas quoi faire de l'autre conne assoupie dans mon coffre.

Je pourrais la tuer. Me débarrasser d'elle dans le Rhône. Bien lestée, je pouvais espérer qu'on ne la retrouve jamais, ou alors trop tardivement pour pouvoir reconnaître le corps.

C'est à ce moment que je compris que j'avais définitivement basculé dans la folie. Les scénarios concernant son empaquetage et même sa dispersion éventuelle ne me provoquaient aucun dégoût, plutôt une sorte de perspective anodine.

Pour l'instant, je commençais surtout à fatiguer. Il fallait que je dorme avant de nous foutre en l'air tous les deux. Je m'étais arrêté à la première aire de repos. Je m'étais assuré qu'Élyse était toujours inconsciente et n'avais trouvé qu'un sommeil léger, parasité par de nombreux cauchemars dans lesquels Bel-Air, en juge des assises, dirigeait mon procès pour meurtre avec préméditation.

PARTIE 3

MEURTRE

24

Foutu !

Il était trop tard pour faire marche arrière.

Assis devant mon déjeuner gourmand de chez Total, je considérais la décision que je venais de prendre. Ne cherchez pas de logique dans les conclusions auxquelles j'étais parvenu. Il n'y en avait aucune ! À moins que vous ne soyez docteur en psychologie spécialisé dans la folie meurtrière foudroyante, vous ne comprendriez pas ce qui m'a amené à choisir d'oublier Élyse et de me concentrer sur la seule chose qui me tenait un tant soit peu accroché au monde des sains d'esprit :

Écrire mon livre.

Pas celui de Bel-Air ou d'un autre produit marketing à la mode. Non ! Mon livre. Celui qu'aucun éditeur ne pourrait me refuser, celui qu'on ne pourrait attribuer qu'à moi, et pour cause.

Le livre de mon aliénation. Le livre de ma plongée dans les eaux ténébreuses de la démence. Le livre de l'abandon total de mon humanité.

Pour rédiger cette œuvre, une seule personne pouvait m'aider. Inutile de me demander pourquoi j'avais pensé à lui. Peut-être simplement parce qu'il m'avait volé mon livre et qu'il me devait bien ça. J'avais immédiatement contacté Vandevelde pour savoir où résidait Franck Bel-Air.

— Allô ! Monsieur Armand. Vous m'appelez pour m'annoncer la fin de votre roman ?

— Pas vraiment, Monsieur Vandevelde. Plutôt son démarrage.

— Je désespérais de vous entendre m'avouer que vous n'aviez pas avancé du tout... Vous savez, Adam, le blocage que vous rencontrez, tous les auteurs qui se lancent dans leur deuxième œuvre y sont confrontés. C'est l'expérience qui vous parle. Vous faites en quelque sorte votre *baby blues* littéraire. Vous avez écrit un bon livre, Adam, mais aujourd'hui, vous avez peur de ne pas réussir à reproduire ce miracle. Il faut vous battre contre vous-même, mon vieux. Il vous faut persévérer. Écrivez ! Écrivez, Adam...

— Justement, je crois que Bel-Air pourrait m'aider.

Je marchai en direction de ma voiture. J'avais pris soin de la garer le plus loin possible du libre-service. Je redoutais le réveil d'Élyse. Elle pouvait hurler pour être secourue. À l'endroit où je l'avais laissée, le brouhaha de l'autoroute toute proche empêchait quiconque de l'entendre et de venir fouiner dans nos affaires.

— C'est une excellente idée, Monsieur Armand ! Je ne vois pas en quoi Bel-Air lui-même pourrait vous apporter une quelconque aide, mais si vous en sentez le besoin, ça peut certainement débloquer votre créativité... Le problème, Adam, c'est que Bel-Air part dans deux jours pour les Canaries, vacances bien méritées après la campagne de promotion de son livre... Pour l'heure, il n'est pas à Paris, mais en Occitanie, près de Nîmes.

— J'ai dépassé Lyon ! Je peux y être avant la fin d'après-midi !

Vandevelde ne fut pas surpris que je sois déjà en route pour la maison de Bel-Air. Moi, si. Je n'avais pas pris ça pour un signe, mais je me félicitais de cette coïncidence.

— Je crois qu'il part pour plusieurs mois. Je vous envoie son adresse par message et je le préviens de votre arrivée. Profitez de lui autant que vous le pouvez, mais ne comptez pas trop sur un miracle. C'est un vrai con.

Il ajouta :

— Vous allez fort bien vous entendre...

J'avais raccroché et écrasé mon mégot sur le pneu de la voiture.

Je posai mon oreille contre le coffre. Aucun son ne me permit de déterminer l'état de ma captive. Élyse était-elle toujours vivante ? J'ouvris délicatement et constatai qu'elle respirait encore. Je ne l'avais pas loupée. Son visage était complètement tuméfié et ses yeux enfoncés dans leurs paupières gonflées comme des ballons dirigeables. Je l'avais tirée de sa torpeur pour la faire boire. Pas trop, bien sûr, je ne voulais pas qu'elle pisse dans le coffre de ma voiture, même si cette probabilité paraissait inévitable, compte tenu de l'impossibilité de l'accompagner aux toilettes sans attirer l'attention. Enfin, nous avions repris la route. J'espérais arriver avant la fin d'après-midi, mais il était hors de question de dépasser les vitesses autorisées (pas vraiment le moment de me faire remarquer).

Le reste de la journée déroula immuablement les kilomètres. Nous avions passé la vallée du Rhône et le pic Saint-Loup. Il m'avait semblé pertinent d'apporter une bouteille de vin à mon hôte. Chez le caviste, je n'avais rien trouvé d'extraordinaire, et puis je n'y connaissais rien. J'avais finalement opté pour un Chivas 18 ans d'âge.

25

— Et le mobile ?

Harry se dit que le divisionnaire exagérait. Il avait quand même pas mal bossé sur cette affaire. Quelques encouragements ne lui paraissaient pas superflus.

— Pas de mobile, mais le faisceau de présomptions laisse peu de place au doute. C'est notre homme ! Croyez en mon instinct.

Le divisionnaire réprima un ricanement. Le seul instinct qu'il reconnaissait à l'inspecteur Harry était avant tout l'instinct de survie. Il avait su maintenir son poste sans se fouler depuis des années. Rien que pour ça, il inspirait une forme de respect, mais l'instinct du limier…

— Bon, on reprend, Sherlock ! Depuis le début.

Harry comprit assez rapidement qu'ils allaient y passer une partie de la nuit ! De toute évidence, Guérin avait décidé de le faire chier. Harry avait dévisagé le divisionnaire avant de recommencer docilement son exposé.

— D'accord, commissaire ! Notre gars, il a pas la réputation d'être tendre. L'ensemble des salariés parle d'un mec pas causant, sauf quand il s'agit de balancer des saloperies.

— Bien ! Vous avez interrogé qui ?

— Tout le monde… De la femme de ménage au directeur… D'ailleurs, c'est lui qui a été le plus virulent. Tenez, lisez sa déposition.

Guérin saisit le document que lui tendait Harry.

Armand ? Je ne savais pas comment faire avec lui. Il avait des résultats, mais je ne supportais pas son cynisme… Un gros connard. Pas étonnant ce qui lui arrive. Si vous l'attrapez, foutez-le en taule pour dix ans, ça le calmera... Même s'il n'a rien fait. Disons, en prévention.

— Pour le reste, il y a les deux folles. Elles ont passé l'audition à chialer. Rien compris à ce qu'elles racontaient, à part un salaud par-ci ou un connard par-là... Pour moi, c'était suffisant.

— Bon ! Un con, d'accord, mais ça ne prouve rien.

— Attendez, commissaire ! Il y a quand même cette histoire de vols dans le magasin... Au début, tout le monde croyait que c'était Armand... En réalité, tout le monde espérait que ce soit lui. Un gros paquet, depuis pas mal de temps. Bon, finalement, ce n'était pas lui, mais sa meilleure copine. Pas beaucoup plus appréciée, mais une très jolie fille...

— Bref !

— Pardon... Je l'ai interrogée. Elle se foutait un peu de sa gueule. Je crois qu'il avait le béguin. Elle en a profité jusqu'au bout... Je suis même pas sûr qu'il l'ait sautée, en plus !

Harry émit un petit rire lubrique.

— Inspecteur !

— Pardon... Finalement, ils se font virer tous les deux, et lui, je ne l'apprécie pas plus que ça pourtant, mais, pour être honnête, un peu injustement.

— Harry ! C'est bien, mais ça fait toujours pas de lui un kidnappeur.

— Non, mais un sociopathe, peut-être ! C'est pas fini... On sait qu'il ne s'entendait que très peu avec la victime, et c'est un euphémisme. On sait aussi qu'elle a eu un rôle plus que déterminant dans son remerciement. Ça ne fait pas une preuve, mais quand on regarde du côté de sa vie privée, on peut imaginer que tous ces éléments combinés lui aient complètement fait péter un plomb...

— Voyons ça !

Harry et le divisionnaire avaient déjà vu ça ! Pourquoi Guérin lui faisait-il tout répéter ? Harry aurait bien aimé rentrer retrouver Hélène.

— Du côté de la famille, c'est pas beaucoup plus glorieux. Du côté des amis…

— Quoi les amis ?

— Eh bien, il n'en a aucun !

— Mouais…

— Alors, la famille… Sa femme est partie il y a quelques mois ! Elle n'en pouvait plus… Selon elle, il s'agirait d'une sorte de pervers narcissique… Bon ! C'est elle qui le dit, mais on sent bien qu'elle a morflé. Son gamin, lui, il comprend rien. Il demande où est son papa… Je crois qu'il aime son fils. En tout cas, c'est ce que la femme nous a dit… *Il n'aime que son fils…*

— Des parents ?

— Une mère… Bavarde… et pas tendre non plus. Pour elle, il est devenu complètement maboul. Elle m'a raconté dans les grandes largeurs la dernière soirée de famille… Elle a fini par le foutre dehors…

— Très bien, Harry ! Résumons. Notre bonhomme est un con détesté de tous, famille comprise. De nombreux ennemis, mais pas d'amis, ou pas très fiables… Un certain nombre de différends avec la victime, mais rien qui justifie un enlèvement… Un tas de déclarations de gens qui le haïssent, mais pas de mobile déterminant… C'est pauvre ! Je vous laisserais bien continuer sur cette piste, car notre gars reste introuvable, mais il va nous falloir du concret. Trouvez-moi des preuves, Harry ! Et vite.

Aussitôt sorti du bureau de Guérin, Harry appela Aurélie. Il devait lui annoncer que le divisionnaire n'était pas emballé par ses déductions. Elle l'avait prévenu : l'enquête, c'était elle, Harry n'avait fait que servir à Guérin ce qu'Aurélie l'avait encouragé à dire. En outre, elle avait prévu que ses seules intuitions ne suffiraient pas à le convaincre.

Pour Guérin, la fille était partie en balade. Aurélie craignait qu'il ne soit pas vraiment convaincu par leurs déductions. Elle avait tort. Après avoir compris qu'il s'agissait d'une réelle affaire d'enlèvement, Guérin s'était inquiété de la savoir entre les mains de Harry, puis très vite, il avait analysé l'intérêt de cette conjoncture.

— Allô ? Aurélie ?

— Oui, Harry. Alors ?

— Il semble plutôt convaincu par ta théorie, mais on manque de preuves…

— Eh bien, j'ai une bonne nouvelle, alors ! Il veut des preuves, Guérin ? J'en ai une en béton armé, mon vieux…

26

Bel-Air nous attendait.

En réalité, Bel-Air n'attendait que moi, mais c'est avec Élyse prisonnière de mon coffre que je débouchai dans l'allée du Mas. J'avais pris soin de l'hydrater à chaque arrêt. Elle restait vaseuse, mais avait un peu repris ses esprits.

Après avoir passé l'immense barrière en fer, j'avais aperçu Bel-Air : espadrilles, caleçon, peignoir… et un verre de piquette. Aucune classe, mais un style indéniable.

Il m'avait fait un signe m'invitant à avancer ma voiture vers le garage en sous-sol. Attention providentielle, si l'on considérait la chaleur qu'il faisait dans la région. Enfermée dans le coffre, Élyse n'aurait pas survécu une journée. La fraîcheur du sous-sol la préserverait d'une déshydratation mortelle. Il faut reconnaître que je m'inquiétais moins de son potentiel trépas que du désagrément que pourrait représenter sa mort prématurée… Je comptais bien prendre le temps d'écrire mon livre. Ici ou ailleurs. Je ne savais pas avant combien de temps un cadavre commençait à embaumer, mais j'avais la conviction que le phénomène devait être assez rapide. À cet instant, Élyse me semblait simplement moins encombrante vivante que morte.

C'est Bel-Air qui ouvrit ma portière.

— Bon voyage ?

Je m'étais extrait de la voiture avec un râle de bête à l'agonie.

— Ouais ! Mais la chaleur…

— Suivez-moi ! Allons boire un verre. Vous aimez le vin rouge ?

— Je suis plutôt whisky… D'ailleurs…

Bel-Air ne me laissa pas finir ma phrase et s'engagea dans la montée du garage. Je l'avais rapidement précédé avant que la porte automatique ne se referme. Il paraissait complètement ivre. Sa démarche, particulièrement, le laissait supposer. Je le suivis jusqu'à la terrasse qui surplombait une large piscine. En face de ce mirador s'étendaient des vignes à perte de vue. Seuls les crissements des grillons rompaient le calme profond de cette fin d'après-midi caniculaire.

— Asseyez-vous !

Je m'exécutai tandis que Bel-Air me servit un immense verre de Pic Saint-Loup.

— Alors, c'est vous le nègre ?

— C'est moi.

— Je ne vous imaginais pas comme ça.

— Ah bon ? Et comment m'imaginiez-vous ?

— Je ne vous imaginais pas !

Bel-Air me mettait mal à l'aise. Je m'étais sérieusement ramolli, ces derniers temps. Pas une réplique pour l'envoyer se faire foutre. À peine l'envie. Pourtant, il l'aurait mérité. Je sentais son mépris à chaque fois qu'il m'évaluait du regard. Un regard amusé. Un regard dans lequel je pouvais lire la suffisance, mais aussi l'usure de l'alcool. Il avait à nouveau rempli son verre.

— Bon ! Soyons sérieux. Vous êtes venu pour quoi ?

— Vandevelde ne vous l'a pas dit ?

— Vandevelde m'a dit que vous aviez besoin de mon expérience pour écrire mon prochain livre, mais je crois que vous êtes ici pour tout autre chose.

— Vous croyez ?

— Monsieur le nègre ! Je n'ai pas écrit une ligne depuis plusieurs années. Je pense que j'en suis devenu complètement incapable. En outre, je n'en ai plus du tout envie… Vous imaginez vraiment que je pourrais vous être d'une quelconque utilité ? N'avez-vous pas prouvé que vous étiez bien meilleur que moi pour cet exercice ?

Jalousie ?

— Monsieur Bel-Air ! Épargnez-moi votre numéro de l'auteur maudit. Même quand vous écriviez, vous n'avez jamais été capable de pondre autre chose que de la merde pour ménagère décérébrée ! N'allez surtout pas imaginer que je suis ici pour me nourrir de votre talent, le seul talent que vous n'ayez jamais eu, à mon avis, est celui de rédiger dans un français à peu près correct. Si je suis venu, Monsieur Bel-Air, c'est pour constater à quel point vous êtes médiocre et me prouver que je suis en effet bien plus capable que vous d'écrire ce bouquin. Alors, pour ce qui est de votre expérience, vous avez certainement une idée de l'endroit où je souhaiterais que vous vous la colliez ?

Bel-Air était resté muet quelques secondes, puis lentement, il s'était levé et dirigé vers la maison. J'avais terminé mon verre de Pic Saint-Loup, assez satisfait d'avoir retrouvé mon talent pour les saillies meurtrières.

Après quelques minutes, Bel-Air avait réapparu. Il tenait entre les mains une nouvelle bouteille de vin. J'aurais préféré un whisky. Il avait rempli nos verres et s'était assis.

— Appelez-moi Franck, voulez-vous.

— Entendu.

Bel-Air avait lentement porté son Pic Saint-Loup à ses lèvres. Je le trouvais assez pathétique, mais quelque chose en lui me plaisait. J'éprouvais malgré moi une sorte de sympathie pour cette épave. Il y avait longtemps que j'avais éprouvé ce sentiment. Il était étrange que ce soit Bel-Air qui le fasse naître.

— Savez-vous pourquoi je n'écris plus ?

— Parce que vous buvez trop ?

— C'est possible. Je crois surtout que j'ai conscience de n'avoir, comme vous me l'avez si joliment fait remarquer, jamais écrit que de la merde.

La nuit nous enveloppait doucement. Je ne pus m'empêcher d'avoir une pensée pour Élyse. Le vin que Bel-Air nous avait resservi était délicieux. Je n'aurais jamais misé sur un Pic Saint-Loup, même si je n'étais pas spécialiste en œnologie. J'avais le sentiment que ce vieux fou m'appréciait.

— Je n'arrive plus à écrire cette merde, Monsieur Armand…

— S'il vous plaît, appelez-moi Adam.

— J'ai toujours voulu écrire une œuvre profonde, stylée et digne d'intérêt littéraire. Un *Voyage au bout de la nuit*, un *Hamlet* ou même un *Madame Bovary*… C'est mon éditeur… Pardon ! Notre éditeur qui m'en a dissuadé. Ce n'est pas ce que le public attend de Franck Bel-Air. Le succès de mes livres tient moins à la qualité de ce que j'écris qu'à la gestion du produit marketing que je suis devenu.

— Vous auriez pu vous imposer auprès de Vandevelde. Si vous saviez ce que j'ai réussi à lui soutirer…

Bel-Air nous resservit.

— Ne vous méprenez pas sur Monsieur Vandevelde. Si ce nabot n'avait pas un intérêt à vous céder ce que vous lui avez demandé, il ne l'aurait pas fait. Il vous apprécie, vous savez… Il n'a pas tari d'éloges à votre sujet.

Je n'étais pas surpris. Je lui avais quand même sauvé les miches.

— En vérité, ce n'est pas Vandevelde qui m'a convaincu. C'est le public !

— Excusez-moi… Franck. J'ai du mal à croire que vous puissiez vous soucier de ce que vos lecteurs souhaitent vous voir écrire.

— Je me fous complètement de ce qu'ils souhaitent que j'écrive… Beaucoup moins de ce qu'ils sont prêts à débourser pour un de mes livres. Mais personne n'achète de la littérature. Les gens achètent ce qu'on leur met devant le nez et c'est souvent de la merde…

— Vous êtes un cynique ?

— Je suis pragmatique !

— Vous êtes un vrai con.

— Pas plus que vous…

Il m'énervait avec sa manie d'avoir réponse à tout. En un sens, nous nous ressemblions. Mis à part le fait que j'occupais la place de l'ombre, nous n'étions pas si différents : arrogants, sardoniques, tristes et prosaïques. Deux sous-merdes dont l'une adulée et l'autre vulgairement anonyme.

— Le public est un ramassis d'andouilles ! Ils se foutent complètement de l'art de notre métier. Ce qu'ils veulent avant tout, c'est la sécurité et la sécurité, c'est ce qu'ils connaissent ! Il n'y a qu'à regarder l'offre politique… Les mêmes gueules de fripouilles depuis que je suis en âge de glisser mon bulletin dans l'urne. Les mêmes présentateurs télé, les mêmes chanteurs, les mêmes acteurs. Pourquoi les auteurs passeraient-ils à travers ? La réalité, c'est que le monde de la lumière fonctionne en vase clos, hermétique, et il est plus difficile de le pénétrer que le cul d'une nonne !

— Je ne suis pas sûr de comprendre où vous voulez en venir.

— Je veux en venir à vous ! Je vous vois bien arriver, mon garçon. Vous envisagez d'écrire votre prochain livre pour vous… et je vous mets en garde. C'est tout !

Nos verres étaient secs. Bel-Air vida la bouteille dans le sien et posa son regard vitreux dans le mien.

— Je m'envole après-demain pour les Canaries. Si vous le souhaitez, vous pouvez rester ici pour écrire. Le cadre est idéal, vous serez au calme, vous goûterez à la solitude de l'écrivain et à toutes ces foutaises. Je ne sais pas encore quand je rentrerai… C'est comme ça quand je pars en vacances. En attendant, j'espère sincèrement ne pas vous voir à mon retour… Faites au mieux.

Il m'avait invité à le suivre. Il souhaitait me montrer ma chambre avant de se coucher. Je le talonnai en considérant son offre tandis que nous arpentions les longs couloirs de sa propriété. J'avais, durant notre conversation, complètement oublié ma délicate situation et surtout la présence d'Élyse dans le coffre de ma voiture. Je devais lui donner de l'eau. En regardant Bel-Air trébucher sur la dernière marche de l'escalier, je me dis que je serais rapidement libre de mes mouvements.

M'ouvrant la porte d'une somptueuse chambre, Bel-Air, dont le visage se trouvait à cet instant à quelques centimètres du mien, me dévisagea. Il était légèrement plus grand que moi et ce détail, curieusement, me contrariait.

— Bonne nuit, Adam… On discutera de votre torchon demain, si vous le voulez bien.

Il avait, aussi rapidement que son état le lui permettait, disparu dans la pénombre, me laissant seul au milieu de l'immense couloir.

J'attendis le temps nécessaire, c'est-à-dire peu, avant de descendre discrètement à la cuisine. En me remémorant le cours de notre soirée, je m'aperçus que la violence qui m'habitait depuis des semaines m'avait abandonné. En réalité, pas complètement. Je la sentais là, présente, mais comme enfouie, maîtrisée. Bel-Air avait-il un effet curatif sur ma névrose ? J'en doutais sincèrement. Il était simplement l'aboutissement de ma décadence et j'en ressentais une forme de soulagement qui allait très certainement disparaître. Je ne savais pas du tout ce que je foutais ici. Je savais juste que j'étais dans une sérieuse merde et qu'il me fallait trouver au plus vite des solutions.

Après avoir subtilisé une bouteille d'eau et accédé à la porte qui menait au sous-sol, je rejoignis discrètement ma voiture. J'ouvris le coffre. Élyse semblait endormie. En me penchant, je pouvais entendre sa respiration.

Le coup survint sans que je puisse le prévenir. Un sale coup sur la tempe. Le choc avait résonné à l'intérieur de ma boîte crânienne. J'avais titubé un instant avant de m'étaler sur le sol, groggy. Je luttais contre l'évanouissement tandis qu'Élyse s'extirpait difficilement du coffre. Il fallait la lever, cette masse de gras. J'en avais fait les frais sur le parking du magasin, je me félicitais que cette fois, ce soit Élyse elle-même qui se confronte à cette délicate entreprise. Et surtout, ça me laissait le temps de reprendre mes esprits. J'avais rassemblé le peu de forces que mon état d'ébriété et le coup de cric m'avaient laissées, avais joint mes deux poings au bout de mes bras tendus vers leur objectif et avais bondi. J'avais ensuite entendu le nez craquer sous la charge et Élyse rejoindre son cercueil, durablement assommée. J'avais fébrilement jeté la bouteille d'eau à côté d'elle et refermé le coffre.

Il me fallut quelques minutes pour reprendre mes esprits. Le cric avec lequel Élyse m'avait frappé était tombé à mes pieds. Je le ramassai et le déposai sur le siège passager.

Je me dis que j'avais assez fait le con pour cette journée et abandonnai mon idée de saucissonner Élyse. Je ne risquais rien en la laissant dans mon coffre. Qu'elle crève, après tout. Moi, j'avais besoin d'une bonne nuit de sommeil.

27

Je n'avais pas fermé l'œil. Je commençais à devenir coutumier des nuits blanches interminables, ce qui n'arrangeait rien à mon état dépressif croissant. À l'aube, je m'étais résigné, douché et dirigé vers la terrasse où Bel-Air occupait la même place que la veille. Lui non plus n'avait pas l'air d'avoir beaucoup dormi. Devant lui se trouvaient un bol de café fumant et un sac de viennoiseries.

Bel-Air m'avait salué d'un geste vif de la main.

— Asseyez-vous, je vous en prie. Café ?

Il paraissait étrangement gai. Le liquide sombre coulait lentement dans le bol qu'il avait disposé devant moi. Ses sourcils étaient froncés, et sa respiration, étonnamment courte. Malgré l'énergie qu'il développait pour le cacher, sa main tremblait. Il ne faisait aucun doute qu'il souffrît d'un manque d'alcool frénétique. Moi-même, j'aurais bien commencé la journée avec un verre de whisky. Je repensai à la bouteille de Chivas restée dans ma voiture. La peur d'attirer trop d'attention sur mon véhicule et particulièrement sur le contenu de son coffre m'empêcha de céder à l'envie de descendre la chercher. Je me contentai du café infect de Bel-Air.

De son côté, Bel-Air trépignait. Son attitude prêtait à penser qu'il donnerait sa vie pour un verre.

— Vous avez soif ?

Il ne parut pas surpris par ma question. Il se leva et se dirigea vers la maison. Moins de deux minutes plus tard, Bel-Air revint avec deux verres et une bouteille de rosé.

— Je m'étais persuadé que je pourrais tenir la journée…

— Vous avez d'autres convictions comme celle-là ?

— Et vous, vous allez me faire chier longtemps avec vos questions ?

Après cette rapide mise au point, nous avions bu la bouteille dans un silence d'enterrement. Pendant d'interminables minutes, ni lui ni moi ne sortîmes un son. Ce recueillement forcé devint vite gênant.

Au bout d'une demi-heure, Bel-Air ne tremblait plus. J'avais toujours envie d'un whisky. Il finit par céder.

— Alors, ce bouquin ! Vous avez une idée ?

— Pas la moindre.

— Si je peux me permettre un conseil, choisissez un sujet qui vous touche, que vous maîtrisez. Vous vous épargnerez le travail délicat de recherche et pourrez vous abandonner au style pur.

— C'est ce que vous faites ?

— C'est ce que j'aurais aimé faire…

Je réfléchis un instant. Bel-Air avait raison. Je cherchai le sujet qui me permettrait d'ouvrir les vannes de ma créativité.

— Alors, pourquoi pas la démence ?

Son verre s'était arrêté à mi-chemin entre la table et ses lèvres. Bel-Air me regardait, perplexe.

— Vous vous pensez fou ?

— Vous n'avez pas idée…

Bel-Air semblait réfléchir. De mon côté, cette conversation me rappelait à l'urgence de ma situation. Avant de commencer l'écriture de mon livre, je devais d'abord m'occuper d'Élyse. J'évaluai les différents scénarios possibles. La tuer après le départ de Bel-Air me paraissait une assez bonne solution. En y réfléchissant, c'était la finalité logique de notre histoire, son aboutissement.

— Alors, la démence ? Quel angle ? Si vous-même vous vous considérez comme fou, je vous suggère la première personne du singulier. Le narrateur interne. De quelle folie allez-vous traiter ?

— Meurtrière, certainement.

Bel-Air eut l'air mal à l'aise.

— Vous pensez à une histoire en particulier ?

— Peut-être… Un nègre, par exemple, qui décide d'assassiner l'auteur pour lequel il écrit ?

Bel-Air me dévisagea. Enfin, comprenant que je plaisantais, il se détendit.

— Rassurez-moi, il ne s'agit pas d'une autofiction ?

Nous sourîmes tous les deux.

— Ça ferait une bonne histoire. Il vous manque un peu de matière, mais pourquoi pas. Il vous faudrait une bonne fin, aussi.

— Ça, je sais…

À ces mots, je ne pus m'empêcher d'imaginer ce que j'allais devenir. Il était trop tard pour faire marche arrière, et même si la proximité de Bel-Air m'apaisait étrangement (ou était-ce l'éloignement de Marcel et d'Estelle ?), il était certain que rien n'irait dans le sens d'un dénouement heureux. J'avais une envie viscérale de mort, et Élyse, piégée dans mon coffre, représentait ma victime idéale.

— Vous partez quand ?

— Je ne sais pas. Demain. Nous verrons bien. Vous êtes si pressé de commencer votre œuvre ?

— Si on veut.

Je pensais surtout à me débarrasser d'Élyse. Je n'étais plus très sûr de réussir à écrire quoi que ce soit de remarquable.

— Ça vous dit une promenade au village ?

L'idée m'était parfaitement insignifiante.

— Avec plaisir.

— Laissez-moi prendre une douche et je vous présenterai Jaquie. Vous verrez, il est exquis.

Je profitai de ce que Bel-Air soigne son hygiène intime pour descendre constater l'état de santé de ma captive. Je subtilisai une nouvelle bouteille pour le cas où Élyse serait encore vivante.

Il n'y avait pas un bruit dans le garage. Je me demandai si Élyse avait décidé d'abandonner et de mourir. Cette idée ne provoqua pas en moi une réjouissance particulière, plutôt une indifférence quiète. Je posai la bouteille d'eau au sol en me disant qu'elle ne lui servirait probablement plus. J'actionnai la fermeture centralisée et ouvris le coffre avec méfiance. Élyse était allongée sur le côté, les jambes repliées sur le ventre et le visage recouvert de sang coagulé. Elle respirait.

C'était ainsi.

J'avais ensuite tenté de la réveiller afin de lui faire boire quelques gorgées d'eau. En vain. Elle avait gémi comme on gémit lorsque l'éveil inopiné nous arrache au repos en pleine phase de sommeil profond. Ses yeux bouffis s'étaient entrouverts et m'avaient scruté un instant, puis lentement s'étaient clos.

À cet instant, des bruits de pas venant de l'escalier nous parvinrent. J'eus juste le temps de refermer le coffre sur le sommeil d'Élyse avant que Bel-Air ne débouche dans le garage.

— Alors, Adam ! Je vous attends. Que faites-vous ici ?

— Rien. Je cherchais quelque chose.

L'expression de ma voix dissimulait mal mon embarras. Je pouvais lire la méfiance dans le regard que me lançait Bel-Air.

— Je crois que j'ai dû le mettre sur le siège passager.

Je contournai la voiture et me penchai dans l'habitacle. À côté du cric posé sur le siège était allongée la bouteille de Chivas. J'hésitai un instant entre utiliser le premier pour éclater le crâne de Bel-Air et le second pour charmer sa suspicion. Je m'étais finalement résolu à la seconde option. Je me redressai avec un large sourire en levant l'objet de mes contorsions au-dessus du capot de la voiture.

— Et voilà ! Je vous avais ramené ça.

— Magnifique ! Je déteste le whisky.

Je n'étais pas certain que le prétexte ait vraiment réussi à amadouer la défiance de mon hôte, mais je me sentais pour l'instant tiré d'affaire.

— Aucune importance ! Je l'ai surtout prise pour moi. Qu'attendons-nous ? On y va ?

Bel-Air avait acquiescé d'un mouvement de tête.

— D'accord. On prend ma voiture.

À la bonne heure…

28

Dans les locaux du SRPJ, l'annonce avait résonné comme un tir de 12 mm.

La preuve irréfutable de la culpabilité d'Adam Armand, révélée par les investigations d'Aurélie, était comparativement passée pour un détail anecdotique. On le reconnaissait parfaitement sur les bandes-vidéo du magasin où l'on pouvait l'apercevoir charger le corps d'Élyse Vinly dans le coffre de son véhicule, puis disparaître. On avait su à ce moment qu'il s'agissait bien de l'étrange monsieur Armand. Malheureusement, pour le motif, Harry et surtout Aurélie continuaient de se confronter à un néant sidéral. L'affaire traînait et personne ne pouvait dire où se trouvait le suspect numéro un. Contre l'avis d'Aurélie, le divisionnaire Guérin avait formellement interdit d'informer les médias. *On est déjà suffisamment dans la merde sans ces fouille-chiasse.*

Le téléphone de Harry avait sonné peu avant le déjeuner. Harry avait maugréé. Ce coup de fil allait sûrement l'obliger à décaler sa pause et ce type de désagréments pouvait le mettre dans une assez mauvaise disposition.

— Allô !

— Inspecteur Viron ?

— Lui-même !

— C'est Madame Armand… Je crois que j'ai quelque chose d'important à vous dire.

Harry avait mis le haut-parleur du téléphone et avait attiré l'attention d'Aurélie d'un claquement de doigts.

— Je vous écoute, Madame Armand.

— C'est le livre que vous avez oublié chez moi… Votre Bel-Air… C'est mon mari qui l'a écrit.

Après les révélations de Madame Armand, la mécanique judiciaire s'était mise en marche. Un certain nombre de coups de téléphone avaient corroboré les déclarations de la femme d'Armand. L'éditeur de Bel-Air avait révélé le rôle de prête-plume du suspect. Il avait insisté sur le secret absolu de cette information. Guérin l'avait résolument envoyé chier. Vandevelde avait aussi informé la police qu'Armand était parti rejoindre Bel-Air afin d'écrire un nouveau livre. Il lui avait recommandé de laisser le nègre travailler chez lui.

Au début, la femme d'Armand n'avait pas porté une attention particulière à la négligence de l'inspecteur. Elle avait simplement mis le livre de côté et s'était convaincue qu'elle le rendrait à son propriétaire à la prochaine occasion. Celle-ci s'était fait attendre et madame Armand s'était brièvement intéressée à l'ouvrage. Elle n'avait jamais lu de Bel-Air. Pas son genre, même si elle représentait le cœur de cible de l'auteur… Après avoir consulté la quatrième et feuilleté quelques-unes de ses pages, elle avait reconnu l'œuvre de son ex-mari. Ça ne faisait aucun doute, bien sûr. C'était elle qui l'avait envoyée à l'éditeur. Elle avait d'abord pensé que ce dernier l'avait purement et simplement spolié. Quoi qu'il en soit, elle avait vite envisagé un rapport entre les agissements récents de son ex-mari et le livre qu'elle tenait entre les mains.

Elle avait contacté l'inspecteur Harry immédiatement.

On avait pu retracer le parcours d'Armand, le long de l'A6, grâce aux perquisitions des caméras de surveillance des stations-service dans lesquelles il s'était arrêté… Nombreuses, les stations ! On le voyait procéder à quelques achats. De l'eau, le plus souvent. Sa voiture était toujours garée trop loin pour l'apercevoir sur une des vidéos.

— Élyse Vinly est encore vivante… C'est pour ça qu'il se gare aussi loin ! Et toute cette eau… Et ces arrêts… Il doit sûrement l'hydrater régulièrement…

— Aurélie ! On n'est pas dans un film.

Les deux inspecteurs attendaient devant le bureau de Guérin. Il venait de leur exposer les résultats de l'enquête. Le divisionnaire leur avait demandé de le laisser seul un instant. Il devait appeler le préfet. Trente minutes qu'ils plantaient à la porte du patron.

— Ouais, en attendant, je ne comprends pas pourquoi on est encore là ! Merde, Harry ! On devrait déjà être en route… Il y a certainement un tas d'indices sur place. Putain ! Et cet abruti de Guérin…

La porte s'était ouverte sur un Guérin au visage défait.

— Vous pouvez entrer…

Harry et Aurélie reprirent place en face du large bureau formica pur seventies. Guérin les avait tour à tour regardés avant de commencer.

— Tout d'abord ! Merci, Aurélie, pour votre contribution à l'enquête. Votre apport concernant la culpabilité d'Armand a été très utile à l'inspecteur Harry. Sans les bandes-vidéo du magasin, on continuait à piétiner un moment.

Aurélie avait du mal à y croire… C'était elle qui avait fait tout le boulot, mais elle n'avait été qu'*utile* à l'autre fainéant ! Elle avait enduré en croisant les bras et les jambes.

— Harry ! J'aimerais savoir ce que vous pensez de toute cette merde ! Croyez-vous qu'on ait une chance de retrouver la fille en vie ?

Harry ne s'attendait évidemment pas à cette question. D'ailleurs, il ne s'attendait à aucune question. Des directives, ça, oui ! Mais des questions…

— En vie ? Eh bien…

Il avait jeté un regard désespéré à son binôme. De son côté, Aurélie se satisfaisait de la situation de Harry. Elle était pressée de voir comment il s'en sortirait sans qu'elle soit là pour faire le larbin.

— Je crois qu'on peut imaginer qu'elle soit encore en vie… D'ailleurs, on voit sur de nombreuses vidéos de stations-service qu'il achète de l'eau. Sa voiture n'est jamais garée aux abords de celle-ci, mais plutôt loin des regards. Tous ces éléments me laissent penser qu'elle se trouve dans son véhicule et qu'il l'hydrate régulièrement.

Aurélie se retint de l'insulter… Elle avait aussi hésité à sortir son arme pour lui tirer dans la cuisse. Elle se promit de ne plus se faire avoir. La prochaine fois, Harry se démerderait.

— Je ne vous cache pas que ça souffle un peu, là-haut. Le problème, c'est surtout qu'un personnage public apparaisse dans l'affaire… Maintenant, on ne peut plus jouer la discrétion et les médias vont bientôt faire leur entrée. Vous allez tous les deux chez ce Bel-Air… Selon les déclarations de l'éditeur, il est parti quelque part sur une île paradisiaque. Il y en a qui ont de la chance… On est en train d'éplucher les listes d'embarquements pour savoir où il se trouve. En attendant, on a un mandat pour visiter sa baraque. Essayez d'y trouver quelque chose…

Aurélie avait bondi de sa chaise, prête à prendre immédiatement la route. Harry avait mis un moment avant de déplacer son volume.

— Une dernière chose… Harry ! Je vous mets Landru et Chaussemoy pour vous assister là-bas. Ils n'ont rien à faire en ce moment et vous ne serez pas trop de quatre. Bonne chance.

Après leur départ, Guérin s'interrogea un instant sur la pertinence des directives qu'il venait de leur donner. Il avait bien pensé à contacter la police locale, mais envoyer directement les deux inspecteurs leur ferait perdre un temps précieux. Si Harry et Aurélie échouaient à retrouver Élyse Vinly en vie, s'ils perdaient définitivement la trace d'Adam Armand, il pourrait leur coller le fiasco sur le dos et faire un coup double… Landru et Chaussemoy étaient son cheval de Troie. Il les pensait plus utiles et maîtrisables sur cette mission que sur n'importe quelle autre où ils seraient susceptibles de faire les cons.

29

J'étais frappé par l'effet cautérisant qu'avait la proximité de Bel-Air sur mon aliénation. Ou était-ce le soleil poli du petit matin gardois, le ballon amical que Jaquie nous avait servi dès notre arrivée ou encore ce sentiment d'émancipation déculpabilisé face à ce qui avait fait de moi un être humain comme les autres ?

Je *schizophrénais* complètement. Hier, fou de colère et d'amertume contre le monde entier. Ce matin, presque heureux et riant avec un Bel-Air étonnamment affable et sémillant. Une démence contagieuse ?

Restait la présence d'Élyse dans le coffre de ma voiture qui constituait le raban m'amarrant à ma terrible dépression. J'aurais pu me persuader que tout allait mieux, savourer mon expiation, envisager une ébauche de salut, mais il était trop tard.

Jaquie avait réapparu avec deux nouveaux ballons de vin.

— Alors, M'sieur Bel-Air, il est comment ce petit vin de pays ?

— Excellent, mon cher Jaquie. Comme d'habitude.

Jaquie m'avait observé en posant nos consommations sur la table, puis s'adressant à Bel-Air :

— Vous m'présentez pas votre ami ?

Bel-Air avait souri en saisissant son verre.

— Monsieur Adam est auteur. Comme moi.

Il m'avait visé d'un air amusé avant de rajouter :

— C'est mon nègre.

Voilà que revenait cette suffisance assumée, insupportable, pathologique. Pourquoi Bel-Air s'obligeait-il à troubler ce dernier moment de rémission gracieuse ? Ton nègre, il te chie dessus.

— Et là, vous travaillez sur un nouveau livre ?

— Comment avez-vous deviné ?

Bel-Air se régalait, Jaquie s'amusait, et moi, je dépérissais.

— Vous avez quand même une sacrée vie, vous aut' les écrivains. S'il vous plaît, donnez-moi votre secret. Comment on devient auteur à succès comme vous ?

— Du travail, mon ami. Du travail et de l'amour… et du marketing !

Bel-Air et Jaquie se mirent à ricaner à l'unisson.

— Merci, Jaquie. Maintenant, je crois qu'on a du travail. N'est-ce pas, Franck ?

Malaise…

Jaquie s'était évaporé, Bel-Air, assombri.

— Qu'est-ce qui vous arrive ? Pourquoi avez-vous gâché ce moment ?

— C'est vous qui l'avez gâché, Bel-Air !

— C'est moi qui l'ai gâché ? Et pourquoi ça ? Parce que j'ai éraflé votre amour-propre ? Parce que je vous ai rappelé à ce que vous êtes réellement, c'est-à-dire rien ? Parce que vous ne supportez pas votre médiocrité et encore moins qu'on vous la fasse remarquer ? Vous êtes désolant, mon vieux. Désolant et pathétique… et poncif.

— Excusez-moi, mais dans le genre cliché, vous êtes pas mal non plus avec votre syndrome de l'auteur maudit. Vous cherchez quoi ? À faire pleurer ? Ne comptez pas sur moi.

Bel-Air resta pensif tandis que j'essayais de lire mon avenir dans le marc de pinard.

— Quand on y réfléchit, c'est assez ironique, Adam.

Je commençais à être agacé par notre conversation.

— Vous aimeriez être à ma place et moi à la vôtre, et en même temps, ni vous ni moi ne sommes prêts à faire ce qu'il faut pour cela.

— Je ne comprends rien à ce que vous racontez, Franck.

— Vous rêvez de ma notoriété, et moi je la céderai volontiers contre votre talent…

— Si vous le dites.

— Je crois qu'il est temps de rentrer.

J'avais acquiescé et nous avions regagné la voiture de Bel-Air. Sur la route du retour, aucun de nous deux ne fit l'effort de restaurer le dialogue. Bel-Air conduisait les sourcils froncés à s'en faire péter les veines supra-orbitaires. On avait l'air d'un vieux couple post-engueulade. Pas mignon et pathétique.

La journée se déroula dans la plus complète indifférence. Bel-Air errait dans la maison tandis que je profitais du bord de la piscine. Je pensais à Estelle. Que faisait-elle à cet instant ? L'amour ? La perspective me donna la nausée. Évidemment, imaginer Estelle faisant l'amour n'avait rien d'intolérable, mais l'imaginer s'abandonner à Florent m'ulcérait l'estomac. La vision de leurs deux corps en un seul me révoltait. Je n'arrivais pas cependant à faire disparaître cette image de mon esprit et l'envie de bain de sang refaisait lentement surface. Poings serrés, mes ongles s'enfonçaient dans la chair de mes paumes jusqu'à la souffrance. J'avais essuyé une larme. Une libellule avait frôlé ma tête. La chaleur m'accablait. La peine aussi…

J'avais regagné la fraîcheur de la maison. Aucune trace de Bel-Air. J'avais faim. J'ouvris le frigo et y dénichai trois tomates, ainsi qu'une barquette de Knacki Herta. En continuant ma fouille, j'avais exhumé des placards une assiette et un grand couteau de cuisine japonais en forme de katana. Ridicule, mais terriblement efficace.

Bel-Air était apparu dans l'embrasure de la porte. Il pointait sur moi une arme à feu.

— Eh bien, vous ne vous emmerdez pas, vous.

— Franck, vous n'allez pas me buter parce que je vous ai pris trois tomates et deux saucisses, quand même ?

Il avança jusqu'à n'être plus qu'à une cinquantaine de centimètres de moi.

— Faites pas le con, Adam. C'est une vraie.

Je n'avais pas l'intention de faire le con.

— Je peux savoir qui est la femme inconsciente enfermée dans votre coffre ?

Ça m'apprendra à négliger mes clés.

— C'est une longue histoire, Franck. S'il vous plaît, baissez votre arme.

— Pas question. Vous allez me répondre, oui ou merde ?

J'avais bien été tenté de lui répondre merde, mais c'était sans compter le flingue qu'il pointait vers ma tête.

— Une vieille connaissance. Encore une fois, ce serait trop long de tout vous raconter.

— Vous n'envisagiez pas de la tuer ?

L'absence de réponse en devint une pour Bel-Air. Il s'était mis à trembler.

— Mais vous êtes complètement malade, mon vieux.

— Pour ça, je vous avais prévenu !

— Je vais vous balancer aux flics, Adam !

Il avait fouillé dans sa poche à la recherche de son téléphone portable. Ces quelques secondes d'inattention m'avaient suffi. Le couteau katana avait jailli comme un éclair et s'était enfoui dans sa gorge. Son arme était tombée au sol lorsque j'avais extrait la lame, ouvrant la voie à un geyser de sang. Je le regardai suffoquer en se tenant la gorge. J'avais repensé à Estelle et à Florent, mais cette fois, la nausée avait fait place à un déferlement de violence. Le couteau s'était enfoncé dans le ventre d'un Bel-Air glouglouant et ce fut Karine qui m'apparut. À chaque disparition de la lame dans le corps de Bel-Air, des souvenirs affluaient, augmentant ma rage. Le katana se logeait, puis ressortait à un rythme métronomique. J'avais longuement tranché, jusqu'à ce que Bel-Air ne soit plus qu'un amas de chair et de sang éparpillés.

Il me fallut de nombreuses minutes avant de prendre conscience de ce que je venais de faire.

J'avais assassiné Franck Bel-Air.

La fureur de mon geste m'avait laissé un grand vide intérieur. Ma colère, ma rage, ma douleur, tout avait disparu. Neuf. Indifférent.

Je regardai mes mains ensanglantées. Je ne tremblais pas. J'avais besoin d'une douche. Qu'allais-je faire de Bel-Air, à présent ? Le cacher ? Le faire disparaître ?

J'avais pensé que creuser un trou dans le fond du jardin et l'y jeter représentaient une bonne perspective.

30

J'avais presque terminé l'accouchement de mon livre. Quatre nuits à travailler, les jours me servant essentiellement à cuver ce que j'avais ingurgité pendant mes phases d'écriture nocturne. Il me manquait la fin, bien sûr, mais pour ça, je ne savais pas si je pouvais aboutir.

Sur la table basse – verre et fer forgé – du salon était posé mon manuscrit. Mon chef-d'œuvre. Un premier jet que je n'avais pas trouvé nécessaire de corriger. C'était fini. Moi aussi. Ironie de la situation, je fêtais, ce soir-là, mon 42ᵉ anniversaire. À côté du tas de feuillets s'élevait un petit monticule de cacahuètes surplombé d'une unique bougie. C'est tout ce que j'avais déniché dans les placards de Bel-Air pour ce simulacre de gâteau.

Je me demandais si cette parodie serait mon dernier anniversaire. Qu'allait-il se passer à présent ? La police ne devait pas être loin de retrouver ma trace. Et si elle ne la trouvait pas ? Combien de temps avant de faire le lien entre Bel-Air et moi ? Combien de temps avant qu'ils ne découvrent sa disparition ? Combien de temps avant qu'ils ne me fusillent ou, pire, qu'ils m'arrêtent et me jettent en prison pour le restant de mes jours ? Je n'avais plus vraiment envie de me livrer. En définitive, je n'avais envie de rien. J'étais déjà mort et curieusement encore en vie. Je devais certainement purger une sorte de pénitence.

J'avais soufflé ma pathétique bougie, puis balancé la coupelle à l'autre bout de la pièce.

Pourquoi fête-t-on année après année le jour anniversaire de notre naissance ? Louons-nous la chance d'avoir survécu une année supplémentaire, ou nous réjouissons-nous, plus prosaïquement, de nous rapprocher de notre libération ? Je n'arrivais pas à déterminer si cette étrange coutume relevait de la victoire sur la mort ou de celle sur la vie. Dans mon cas, ça ne faisait aucun doute.

Après la mort de Franck Bel-Air, j'avais pris soin de monter Élyse dans une des nombreuses chambres de la villa. Je l'avais surtout contrainte à se monter toute seule. L'arme de Bel-Air m'avait été particulièrement utile dans ce projet. Je l'avais soudée au lit à l'aide de cordes trouvées dans le garage. Elle n'était pas près de se barrer, et pour éviter qu'elle n'ameute les rares promeneurs qui passaient parfois aux abords de la propriété, je lui avais enfoncé un des slips de Bel-Air dans la bouche, puis bâillonnée avec un lambeau de drap de son lit. Les jours s'étaient succédé et j'avais perçu un apaisement dans nos relations. Bien sûr, nous n'avions que très rarement l'occasion de nous croiser et encore moins de nous parler, mais je lui apportais à manger lorsque j'y pensais et surtout lorsque j'étais en état. Je la nourrissais moi-même après l'avoir libérée de son immonde bâillon. Elle chiait et se pissait littéralement dessus, plus exactement dessous, et elle baignait dans une mare de merde et de pisse. Je dois bien avouer que je me réjouissais de la voir dans cet état de décadence. Cela devait être extrêmement inconfortable et même un peu irritant. La vision d'Élyse allongée dans ses excréments m'était aussi agréable que de m'extasier devant *La bonne humeur* de Quentin de la Tour.

Au début, Élyse tentait de se jeter sur moi, de me mordre, elle m'insultait, recrachait la nourriture que j'enfournais dans l'immonde vide-ordures qui lui servait de bouche. Peu à peu, elle m'avait manifesté une sorte d'indifférence haineuse, puis très vite, une reconnaissance contrainte, résignée, plutôt. J'avais immédiatement pensé au syndrome de Stockholm. Ce phénomène étrange qui pousse les otages à la sympathie et même à la contagion émotionnelle envers leurs kidnappeurs.

J'avais eu un frisson à l'idée qu'Élyse puisse un jour éprouver autre chose que de l'hostilité à mon égard.

J'avais finalement espacé mes visites. Pas uniquement à cause de l'odeur qui émanait du lit d'Élyse et qui devenait de plus en plus intolérable, mais surtout par manque de temps. Lorsque je faisais l'effort de lui apporter à manger, je pouvais observer dans son regard comme une honteuse gratitude. Sensation difficile à supporter et qui me laissait durablement mal à l'aise.

Le cadavre de Bel-Air commençait aussi à empester. Je l'avais laborieusement tiré dans le fond du couloir pour qu'il arrête de contrarier l'écriture de mon livre – contrairement à Élyse, la contrainte n'avait pas eu beaucoup d'effet sur lui. Bel-Air m'avait volé mon œuvre et était partiellement responsable de la perte de ma vie, il me semblait assez légitime de lui prendre la sienne et de profiter de son mas pour écrire mon propre bouquin. Il était inutile de me le reprocher à coups d'effluves nauséabonds.

C'était surtout trop tard.

Je l'avais laissé gisant au pied de l'escalier qui menait aux chambres et notamment à celle où je tenais Élyse prisonnière.

Le temps est une donnée élastique. Sa perception est subordonnée à de nombreux critères. Elle est totalement différente, que nous soyons allongés sur une plage de la Côte d'Azur, accompagnés d'une plantureuse blonde aux intérêts ostentatoires ou debout dans la fosse d'un concert de Céline Dion. La quinzaine qui se terminait m'avait étrangement paru durer une éternité. Je n'avais pas l'impression d'avoir passé un trop mauvais moment ni de m'être particulièrement ennuyé. J'étais surtout impatient que la police me retrouve et je m'interrogeais sur la probabilité de cette échéance. Je ne savais pas ce que j'allais faire d'Élyse. Je n'envisageais plus vraiment de la tuer, mon appétit destructeur ayant été complètement

rassasié par l'assassinat de Bel-Air. La laisser en vie n'offrait
pas une alternative plus acceptable. Si j'étais déjà mort, Élyse
en portait comme Bel-Air une part de responsabilité, et ça
aurait été un juste retour des choses qu'elle m'accompagne
dans l'inéluctable dénouement de ma pauvre existence. Le
plus simple me semblait peut-être de lui en parler.

31

On entendait le ronronnement lancinant du trafic régulier de l'autoroute toute proche. Harry, appuyé contre l'aile de la voiture, alluma une cigarette. Le chassé-croisé du week-end avait rendu la progression de l'équipe particulièrement difficile. Au volant de la Laguna banalisée, Aurélie n'avait cessé d'alterner les slaloms, entre les voitures au ralenti et les accélérations sur la bande d'arrêt d'urgence, gyrophare tournant et sirène hurlante. Dans la file de voitures qui s'étirait en une lente procession, la route des vacances avait pris des allures de film policier. Le spectacle était fascinant. Des enfants leur avaient fait signe tandis que des parents leur avaient hurlé de rester calmes et de s'asseoir correctement. Les quatre policiers ne les avaient pas vus. À l'intérieur du véhicule, une atmosphère polaire avait régné pendant tout le voyage. Les rares échanges entre Aurélie et Harry avaient été teintés de ressentiment. Harry en voulait à Aurélie de ne pas l'avoir soutenu face au divisionnaire. De son côté, Aurélie ne se résignait pas à son rôle d'accessoire *utile* à l'enquête du grand inspecteur Harry. Elle s'était promis de ne plus jamais lui filer aucun coup de main. Rageant dans le flot ralenti de voitures, Aurélie avait encore du mal à digérer l'entretien avec Guérin. Elle s'était d'ailleurs mise à réfléchir à une potentielle mutation. Marre de Harry ! Marre de Guérin ! Marre de cette situation ! La brigade des mineurs, peut-être ? Il lui faudrait jouer des coudes. Beaucoup de postulants pour très peu d'élus. De toute façon, ici, elle ne disposait d'aucune perspective d'évolution. Il était peut-être temps d'aller essayer une nouvelle pelouse.

À l'arrière, Landru et Chaussemoy avaient été aussi loquaces qu'un malade d'Alzheimer essayant de recracher une liste de courses. Depuis le départ du SRPJ, ils avaient ponctué les kilomètres de soupirs fatigués et de regards désabusés. Ils pensaient tous les deux que Guérin exagérait. Les priver de leurs primes de rendement clandestines ne suffisait pas, il les obligeait aussi à chaperonner les deux boulets du SRPJ… Landru espérait que l'ambition de Guérin les libérerait de cette période de pain blanc. Guérin s'était principalement adressé à lui. Il était communément admis que des deux, Chaussemoy n'était pas le plus dynamique des synapses. Au SRPJ, tout le monde s'accordait pour dire que le jour où il arrêterait d'être con, la plupart des agents posséderaient leur résidence secondaire sur Mars.

— Vous me les surveillez discrètement. Vous êtes sous les ordres de Harry !

— Sous les ordres de Harry ? C'est quoi ce délire ?

— Ce délire, c'est que Harry et Aurélie vont se gaufrer, et Harry et Aurélie qui se gaufrent aux commandes de l'affaire justifie que je leur colle une enquête interne… Après ça, on se débarrasse des deux et on reprend notre business.

Depuis le départ, Aurélie était restée accrochée au volant, elle avait dévoré les kilomètres seule, roulant, quand elle l'avait pu, à une allure de pilote de F1. C'est Landru qui avait sonné « l'arrêt aux stands ».

— Aurélie ! J'en peux plus ! Je vais pas pisser par la fenêtre quand même ?

— Et moi, j'ai la dalle ! avait renchéri Chaussemoy.

Harry avait émis un petit toussotement.

— Ils ont raison, Aurélie ! On en a tous plein les pattes. Et puis, regarde, tu dois reprendre de l'essence…

Aurélie avait cédé à la pression populaire et le groupe avait fait son premier arrêt à une heure d'arriver chez Bel-Air. Landru était allé se soulager, Chaussemoy avait acheté un sandwich thon-crudités, un flan au chocolat et une canette de Coca light. Harry, quant à lui, fumait sa première cigarette depuis de nombreuses années.

Dans le crépuscule naissant, Aurélie s'était approchée de lui.

— Tu fumes ?

— 15 ans que j'ai arrêté... Je viens de m'acheter un paquet. Je suis un peu tendu là... T'en veux une ?

Aurélie avait accepté. Adossés au capot de la Laguna, Harry et Aurélie attendaient Landru et Chaussemoy. Harry rompit le silence.

— Tu crois qu'on va trouver quelque chose là-bas ?

— Je ne sais pas, Harry. J'espère.

Le jour se couchait lentement. Pendant un moment, Aurélie et Harry se laissèrent porter par cet instant d'armistice circonspect.

— Aurélie.

— Oui Harry ?

— Je crois qu'après ça, je vais raccrocher.

Aurélie ne répondit pas. Sa rancune s'était un peu émoussée. Elle pensait que c'était une bonne idée que Harry arrête ce boulot. Elle ne lui fit pas part de sa réflexion et éteignit sa cigarette d'un geste bref.

— Toi, tu as un bel avenir, ma chérie ! Tu feras un excellent flic... Si tu ne suis pas mon exemple...

— Harry...

Harry essayait d'apercevoir son futur civil dans l'horizon flamboyant. Il souriait.

— Je vais peut-être donner des cours de guitare...

À ces mots, le téléphone de Harry s'était mis à sonner. C'était Guérin. Harry avait échangé un regard fatigué avec Aurélie et décroché.

— Oui, Inspecteur ?

— Harry, tout va bien ? Vous en êtes où ?

— On arrive dans une heure. On s'est arrêté quelques minutes.

Il y avait dans la voix de Guérin une fébrilité mal dissimulée. Pas son genre, pourtant. Harry pressentait une mauvaise nouvelle.

— On a un problème.

Harry avait mis son téléphone en mode haut-parleur.

— On a terminé d'éplucher la liste des embarquements des deniers jours. Bel-Air n'y apparaît nulle part !

— Vous croyez qu'il est encore chez lui ?

— C'est probable… Ce qui m'inquiète, c'est la possibilité qu'Armand y soit avec lui…

L'éventualité inquiéta aussi Harry. Enquêter sur un enlèvement ne représentait pas une mission particulièrement insurmontable, mais interpeller le suspect… Il se félicita d'être accompagné de Landru et de Chaussemoy. Guérin aussi. Ces deux-là n'avaient pas peur de grand-chose. Harry pensa même qu'ils seraient très excités à l'idée d'un peu d'action. Ils avaient eu l'air de sacrément s'emmerder depuis le départ.

— Harry, à partir de maintenant, on marche sur des œufs. Plus question d'aller frapper à la porte poliment pour savoir ce qu'il se passe dans la baraque !

— Bien, Commissaire.

— Je vais contacter la brigade d'intervention locale. Si vous arrivez avant, vous attendez gentiment, c'est compris ?

— Compris, Commissaire.

— Appelez-moi dès que vous êtes sur place.

Harry raccrocha. Au loin, Landru et Chaussemoy revenaient tranquillement de la station-service. Harry leur lança un geste du bras avant de se précipiter dans la Laguna. Aurélie se jeta au volant et fit vrombir le moteur. Quand toute l'équipe eut pris place dans le véhicule, elle démarra en trombe en direction de la maison de Bel-Air. Après avoir informé Landru et Chaussemoy, Aurélie et Harry s'étaient enfermés dans un silence préoccupé. Dans l'habitacle étouffant que la climatisation ne parvenait plus à rafraîchir, même Harry sentit la pression monter d'un cran.

32

Dans la chambre d'Élyse, l'odeur était devenue insoutenable. J'avais pénétré dans la pièce obscure sans un mot. La lumière l'avait un instant aveuglée. Elle m'avait ensuite regardé comme un animal pris au piège.

— Je vais t'enlever ton bâillon, Élyse. Je veux que tu promettes de ne pas crier. Fais-moi un signe de tête si tu es d'accord.

Elle avait acquiescé comme je le lui avais demandé. Je l'avais libérée et j'avais rapproché une chaise du lit. Suffisamment près pour que l'on puisse discuter confortablement, suffisamment loin pour que l'odeur immonde ne m'incommode pas trop.

— Tu as soif ?

— Oui !

Elle m'avait répondu avec une fragilité de voix qui me surprit. Je l'avais aidée à boire. Elle ne parlait pas. Elle semblait épouvantée. Je commençais à éprouver une sorte de pitié pour elle. Je mollissais. Et elle puait.

— Je vais te détacher.

Une étincelle avait illuminé ses yeux mornes.

— Je vais t'accompagner à la salle de bains et tu te nettoieras.

— Merci.

— Je… Je ne vais pas très bien, Élyse.

Qu'est-ce que je foutais ? Comme si elle ne s'en était pas aperçue. Et puis, j'attendais quoi ? Je ne cherchais pas vraiment sa compassion. J'avais peut-être juste besoin de parler avec un être vivant. Le cadavre de Bel-Air n'était pas ce qu'on pouvait qualifier de « causant ». C'était, en revanche, une très bonne oreille.

— Pourquoi tu fais ça, Adam ?

— Je fais quoi ?

— Ça… M'enlever, m'amener ici. Au fait, on est où ? J'ai faim, Adam.

Ma pauvre fille. Si seulement je le savais. Était-ce le dégoût de moi-même ? La haine des autres ? Ma vie pathétique ? Je ne trouvai rien à lui répondre.

— Parce que tu es une grosse vache, Élyse ! Et que tu le mérites. Maintenant, ferme ta gueule.

— Tu vas me tuer ?

J'avais évalué l'hypothèse.

— Qu'est-ce que tu comprends pas quand je te dis de fermer ta gueule ?

— Adam, je ne veux pas mourir. Pense à mes enfants. Pense au tien. Fais pas le con.

Je pensais surtout à Bel-Air qui se décomposait au pied de l'escalier et j'avais souri. Élyse avait dû interpréter ce sourire comme un avis défavorable à son projet de rester en vie et s'était mise à pleurer.

— Tu me fais chier, Élyse. Tu m'as toujours fait chier.

— Et toi, tu m'as toujours fait gerber, pauvre con ! J'ai toujours su que t'étais un malade !

Ça m'avait presque réjoui. Pas l'insulte en elle-même, mais le fait de retrouver Élyse comme je l'avais toujours connue. Comme si rien n'avait changé. Comme si rien n'était arrivé.

— Vas-y, alors ! Tue-moi, mais je veux que tu saches quelque chose avant. Je savais pour Karine ! Je sais depuis le début ! Coralie et Ariane sont mes yeux et mes oreilles dans le magasin et elles en voient et en entendent, des choses… J'aurais pu arrêter ça dès le commencement, mais j'étais trop heureuse de laisser faire pour te voir t'enliser dans ta merde.

À ces mots, une goutte de sueur perla sur mon front. Je pouvais la sentir trembler, prête à dévaler l'arête de mon nez.

— En effet, Élyse. Je vais te tuer !

33

D'abord, le silence. Un silence pesant, malsain. Un silence de mort. La nuit pétrole enveloppait le quatuor, prêt à investir la maison de Bel-Air.

Les hommes se taisaient. La nuit se taisait. Même les grillons avaient étrangement cessé leurs chants d'amour grinçants. Parfois, l'éclat incandescent d'une cigarette illuminait un visage. Un crépitement de combustion venait alors rompre le silence accablant. Harry, Aurélie, Landru et Chaussemoy se trouvaient à cinq cents mètres de la bâtisse. Tout le monde attendait l'équipe locale.

Harry pensait à la suite. Il se dit que c'était le moment idéal. Mettre un terme à sa carrière après une affaire comme celle de la disparition d'Élyse Vinly, c'était comme les premiers accords de Django après un solo de Stéphane Grappelli. Son téléphone vibrait dans le fond de sa poche. Il répondit, inquiet.

— Harry ?

— Guérin ?

— On en est où ? Ça bouge dans la maison ?

— RAS ! Plus calme que dans un monastère.

En arrivant sur les lieux, Harry et Aurélie avaient pu constater que la maison était bel et bien occupée. À la nuit tombée, des lumières s'étaient allumées. Aurélie, derrière ses jumelles, avait aperçu une silhouette évoluer à l'intérieur. Il ne faisait plus aucun doute que la maison abritait toujours quelqu'un. L'unité de Montpellier tardait à arriver et les quatre policiers surveillaient de loin les mouvements du bâtiment. Landru et Chaussemoy trépignaient d'impatience.

Harry ne s'était pas trompé. Ils redoutaient même certainement d'être mis à l'écart lorsque les CRS débarqueraient.

— Faut pas y aller, là ? Y a quelqu'un, c'est sûr !

— Calme-toi, Chaussemoy ! Guérin a dit : vous attendez l'équipe locale. C'est pas compliqué ?

Pas compliqué pour n'importe qui, mais insurmontable pour Chaussemoy. Il supportait très mal la pression. Harry craignait la bavure. Il savait que Chaussemoy crevait d'envie de savoir ce qui se tramait à l'intérieur, de passer à l'action. L'attente devenait insoutenable pour l'ensemble du groupe. On pouvait presque entendre les cœurs battre dans les poitrines. Dans les ténèbres, on imaginait les visages fatigués, les regards anxieux.

Un cri déchira l'épais silence. Dans la pénombre, Aurélie avait regardé Harry avec des yeux ronds. Quelque chose se passait à l'intérieur. Harry interpella Aurélie :

— Qu'est-ce qu'il se passe, putain ! On fait quoi ?

— Je sais pas, Harry ! J'en sais rien ! Cours…

En courant vers la maison de Bel-Air, Harry hurlait :

— On y va… On va entrer.

À l'intérieur, les cris avaient repris. On appelait au secours. Une voix de femme. Le temps s'était comprimé, les mètres devenaient des kilomètres. Harry et Aurélie arrivaient presque à la porte, suivis de près par Chaussemoy et Landru à bout de souffle. La longue plainte enflait à mesure qu'ils se rapprochaient. Pour Aurélie et Harry, ça ne faisait plus aucun doute. Elyse Vinly était vivante et c'était elle qu'on entendait hurler.

À quelques mètres de la porte, les quatre agents s'arrêtèrent dans un même mouvement. La complainte d'Élyse Vinly avait été soufflée par une détonation. Aucun n'osait dire un mot, mais dans l'esprit de chacun, Élyse Vinly venait de se faire abattre. Il était trop tard. Harry tremblait comme un octogénaire. Aurélie pleurait comme une adolescente.

La porte de la maison s'était ouverte brusquement. Une deuxième détonation avait retenti dans la nuit. Au bout du pistolet d'Aurélie, une fine fumée blanche s'élevait vers la lune.

Sur le seuil de la porte, les yeux vides d'Élyse Vinly, allongée sur le sol, contemplaient le ciel gardois saturé d'étoiles.

34

Nous étions le premier août. Cinq jours plus tôt, j'assassinais Franck Bel-Air et je ne savais pas ce que j'allais devenir. Ce qui était certain, c'est que tout allait bientôt et surtout très rapidement m'échapper. Pour peu que j'eusse, à un moment donné de mon histoire, contrôlé quoi que ce soit. J'avais ôté les liens d'Élyse. Elle avait l'air terriblement faible. Je l'avais ensuite invitée à se lever. Je tenais, caché dans mon dos l'arme de Bel-Air. J'aurais pu la tuer immédiatement, mais je voulais faire durer le plaisir. C'était une erreur et je m'en aperçus assez rapidement.

Le coup m'avait encore une fois surpris. Ça devenait une habitude. La lampe de chevet qu'Élyse m'avait balancée m'avait fracassé le crâne. Pas de l'IKEA, chez Bel-Air. Une belle lampe en cuivre. Lourde et douloureuse. Élyse avait disparu dans les ténèbres du couloir. J'avais immédiatement bondi derrière elle. Je sentais le sang chaud couler le long de ma joue et s'accumuler à la commissure de mes lèvres. J'éprouvai son goût métallique et son épaisseur visqueuse.

Je reniflais la trace d'Élyse le long du couloir et j'entendais ses pas massifs supplicier l'escalier. Elle ne courait pas vraiment. Trop faible, assurément.

Elle hurlait et je pouvais estimer la distance qui nous séparait. Elle avait ralenti, puis s'était arrêtée un instant. Quelques secondes. Suffisamment pour réduire l'espace entre le Glock et sa cible. Elle avait ensuite repris sa course. J'avais accéléré la mienne. Arrivé en bas de l'escalier, je pouvais maintenant apercevoir sa silhouette au milieu du long couloir. J'y étais presque. Élyse s'était une nouvelle fois arrêtée, sa main posée contre le mur. Elle haletait. C'était terminé. En continuant de courir, j'avais levé le Glock de

Bel-Air. Je visai le centre de son crâne. Je ne voulais pas la manquer. L'envie de lui infliger un long supplice restait assez tentante, mais Élyse m'avait montré qu'elle avait encore pas mal de ressources. Il s'agissait de ne pas risquer un nouveau rebondissement défavorable. Mon doigt sur la détente, je m'apprêtais à mettre un terme à toute cette histoire. Elle avait redressé la tête et j'avais cru entendre le murmure de plusieurs voix provenant de l'extérieur. J'avais atteint la dernière marche de l'escalier. Encore quelques mètres. Encore quelques centimètres…

J'étais prêt à tirer, mais quelque chose avait stoppé ma progression. Une masse molle. L'odeur m'avait alerté, mais il était trop tard. Le cadavre de Bel-Air étendu au milieu du couloir m'avait fait trébucher. Le flingue m'avait échappé. Les voix à l'extérieur s'étaient faites plus intenses et Élyse s'était remise à crier. Je crois me souvenir qu'elle appelait au secours.

J'avais compris que les flics étaient là, dehors, prêts à entrer. J'avais une nouvelle fois bondi pour récupérer le pistolet.

Trop loin.

Trop tard.

Elle s'était penchée sur lui, l'avait ramassé et avait tiré. Je m'étais effondré à côté de Bel-Air et Élyse s'était évaporée dans les ténèbres.

35

5 jours, 18 heures et 59 minutes après l'enlèvement

Harry était resté figé devant le cadavre d'Élyse Vinly. Aurélie, horrifiée, regardait Harry tandis que Landru et Chaussemoy se précipitaient dans la maison. Le portable de Harry vibrait sans discontinuer. Harry ne put répondre. Comment expliquer à Guérin qu'Aurélie venait d'abattre Élyse Vinly ?

— Va te faire foutre, Guérin !

Harry entra dans la maison. Son téléphone continuait son appel silencieux. Landru et Chaussemoy fouillaient l'intérieur du mas.

— Il est là ! Il est vivant !

Harry s'avança dans le couloir. Arrivé au pied de l'escalier, Adam, au seuil de sa longue nuit, le regarda un instant, puis ferma les yeux. À côté de lui, Bel-Air semblait s'amuser de la situation. Harry interpella Chaussemoy :

— Appelle une ambulance, il est peut-être pas trop tard.

Puis, se retournant vers le cadavre de Bel-Air :

— Pour lui, si…

Aurélie, horrifiée, avait rejoint Harry. Dans un geste paternel, il l'avait arrêtée et doucement raccompagnée vers l'extérieur. Elle semblait sonnée. Le portable de Harry s'était remis à vibrer tandis que l'équipe de CRS débouchait dans l'allée du mas. Sur la terrasse, il avait sorti son téléphone et avait décroché.

— Guérin ? C'est terminé.

36

On dit souvent que lorsque l'on est en train de mourir, on voit le film de notre vie défiler devant nos yeux. Pour ma part, je voyais un tas de flics, flingue en garde, explorer la demeure dans laquelle mon âme m'abandonnait. Je percevais la scène au ralenti, les policiers couraient mollement aux quatre coins de la pièce. Mes oreilles bourdonnaient et je voyais leurs visages hurler des ordres silencieux. Je ne comprenais pas très bien ce qu'il s'était passé, mais je savais que le dénouement était arrivé. Enfin libre, ou presque. Il ne me restait qu'à fermer les yeux.

Après avoir ainsi abdiqué, j'avais aperçu ma mère. Elle était jeune, à côté d'Hervé, et ils secouaient la tête comme pour partager leur déception. J'avais vu Estelle, aussi, à côté de Florent, et ils s'embrassaient comme pour me montrer à quel point j'avais été con de la laisser partir. Enfin, j'avais vu la seule image qui me convainc que ma vie n'avait pas été qu'une suite de ratés incontrôlables et que peut-être valait-elle la peine d'avoir été vécue. Marcel me souriait et m'envoyait un baiser d'un geste enfantin de la main. Ses lèvres bougeaient. Il est probable qu'il s'agisse d'un *Je t'aime, papa.* J'avais immédiatement interprété un *Maintenant, casse-toi.* J'avais murmuré :

— Comme vous voudrez, Monseigneur…

3 ans plus tard

37

3 ans, 13 jours, 22 heures et 3 minutes après l'enlèvement

Les locaux étaient déserts. Harry avait traversé le service sans croiser un seul agent.

En passant devant son ancien poste, Harry éprouva un sentiment fugace de mélancolie. Pour se réconforter, il se mit à siffler. Étonnamment, la mélodie qu'il avait entamée ne ressemblait en rien à un air de jazz. Il s'agissait du tube à la mode d'une jeune artiste dont le talent résidait exclusivement dans sa capacité à faire parler d'elle lors de soirées mondaines plutôt sélectives. Malheureusement pour cette jeune femme, on ne devient pas quelqu'un de remarquable uniquement en se faisant remarquer.

On vend, par contre, beaucoup plus de disques.

Harry trouvait que cet air restait particulièrement ancré dans la tête.

Depuis l'affaire Armand, beaucoup de choses avaient changé.

L'été était déjà bien installé. Dans à peine quelques semaines, Harry partirait pour un séjour romantique à Bilbao avec Hélène.

Pour Aurélie aussi, rien n'avait plus été comme avant ce soir d'août. Évidemment, la dépression qui l'avait frappée en fut l'élément le plus douloureux. Harry savait qu'aujourd'hui, la bavure n'était plus qu'un mauvais souvenir ; presque plus…

Devant la porte de son bureau, Harry s'arrêta un instant et regarda la plaque installée depuis presque trois ans. À l'aide de sa manche, il s'employa à la faire briller. Satisfait du résultat, il ouvrit la porte et pénétra dans le bureau du divisionnaire Antony VIRON.

177

Après le fiasco de l'affaire Armand/Bel-Air, une enquête de l'IGPN avait été menée. La mort d'une personnalité comme Franck Bel-Air suffisait à elle seule à donner un bon coup de pied dans la fourmilière, mais celle de l'otage impliquant une jeune inspectrice de l'équipe appelait une ou deux têtes de l'opération.

C'était Guérin qui en avait fait les frais...

L'enquête avait conclu à sa responsabilité complète, considérant qu'Aurélie n'aurait jamais dû être missionnée sur une affaire aussi délicate. Il avait été évoqué son manque d'expérience, bien sûr, mais aussi un profil psychologique inadapté à ce type d'opérations. On avait surtout trouvé un épouvantail à agiter devant les médias et l'opinion publique. En creusant un peu, on avait exhumé deux ou trois malversations impliquant sérieusement Guérin. L'affaire était lentement tombée dans l'oubli et Guérin avait été invité à démissionner. On ne voulait plus de vagues... Tout le monde voulut oublier toute cette histoire au plus vite.

Harry était devenu le héros de l'affaire. Il en fallait bien un pour alimenter le feuilleton dont la presse faisait ses choux gras. C'était tombé sur lui comme ç'aurait pu tomber sur n'importe qui. Hélène avait vite collectionné les coupons de presse mettant en scène la bravoure de son mari. Elle avait organisé des goûters avec les copines de couture, pour discuter de l'affaire et leur dévoiler les détails les plus croustillants ; parfois vrais, parfois inventés de toutes pièces. Elle avait même créé un blog et une chaîne YouTube...

Dans l'immense bureau, Harry avait eu une pensée pour Aurélie. Il avait saisi le combiné de son téléphone. Il était encore tôt, mais il connaissait les problèmes d'insomnie de la jeune femme. La tonalité avait empli l'espace silencieux. Après quelques secondes, la voix d'Aurélie avait remplacé la litanie du LA 440 Hertz.

— Allô ?

— Bonjour, Aurélie. Je ne te dérange pas ?

— Ah ! Bonjour, Harry. Pas du tout… Ça fait du bien de t'entendre…

La voix d'Aurélie était morne et sans entrain. Elle paraissait fatiguée.

— Quoi de neuf, Harry ? Tout va bien au boulot ?

— Oui ! Tout va bien, ma belle. Et toi ? Les enfants ?

— Lesquels ?

Harry sourit tristement.

— Les tiens d'abord…

— Ils vont bien. Charlotte fait enfin ses nuits… Pas moi…

— Et ton travail ?

— Rien à dire. J'ai une classe facile. Et quand je suis entourée d'enfants, je ne pense pas trop à…

Le silence qui avait suivi était plus éloquent que ce qu'aurait souhaité Aurélie. Elle n'aimait pas exposer ses difficultés à guérir de son traumatisme. Surtout à Harry.

— Vous passez nous voir quand avec Hélène ? Théo ne me parle que de toi. Il veut être inspecteur de police… Et Charlotte… elle aimerait sûrement voir un peu plus son parrain.

— Je suis désolé, ma belle. C'est vrai qu'avec le travail, je n'ai pas eu beaucoup de temps dernièrement… Nous passerons bientôt. C'est promis.

Aurélie s'était mise à sangloter. Harry sentit le malaise le gagner.

— J'aurais tellement aimé que rien de tout cela n'arrive… Je me sens tellement mal, Harry… Qu'aurions-nous dû faire pour que cela n'arrive pas ?

La détresse d'Aurélie le désola. Il ne savait pas quoi lui répondre pour la réconforter. Alors, il décida de lui dire la vérité.

— Ce que j'ai toujours fait, Aurélie… Rien !

<h1 style="text-align:center">38</h1>

— Écrire est-il une souffrance ?

— Je parlerais plutôt d'une expiation ; une thérapie intime. En écrivant, vous vous soumettez au divan de votre âme, de votre inconscient, si vous préférez. L'exercice est douloureux, c'est vrai, mais il est aussi porteur de satisfaction. C'est comme un marathon, lorsque la valeur tient moins à la performance numérique qu'à la victoire sur soi. Votre adversaire n'est alors pas le flot de coureurs qui vous entoure, mais vous-même.

— Excusez-moi, mais je ne comprends absolument rien à ce que vous me racontez… Et puis, vous ne répondez pas vraiment à ma question.

— Lorsque vous courez un marathon, c'est comme quand vous écrivez un livre. Bien sûr qu'il y a de la souffrance. Ce que je veux que vous compreniez, c'est que chaque mètre de découragement tenu, chaque foulée douloureuse additionnée, chaque inspiration difficile expirée, chaque brûlure de vos muscles représente aussi un combat gagné… Une joie ! En écriture comme dans un marathon, le rythme compte peu, c'est la somme des enjambées qui vous mènera à la ligne d'arrivée. Là, vous vous rendrez compte que la satisfaction d'avoir atteint votre objectif n'est rien par rapport à chacune de ces petites victoires, aussi imperceptibles et douloureuses soient-elles, et que c'est finalement dans la souffrance que vous avez éprouvé les plus grands bonheurs. Lorsque tout s'arrête, la victoire a souvent un goût amer de défaite. Alors on commence un nouveau livre ou une nouvelle course pour revivre ce qui vient de mourir…

Je suis mort juste avant mon arrestation. Disons plutôt mon hospitalisation. Je m'étais réveillé branché à un tas d'organes externalisés et garni d'un trou de neuf millimètres dans l'abdomen, miraculeusement lavé de ma dépression. Un nouveau-né dans un corps de quadragénaire troué. Un nourrisson que la police s'impatientait à incarcérer.

Son état de santé ne le permet pas ! Vous attendrez ! avait répondu le médecin qui s'occupait de ma résurrection. Les flics avaient patienté et mon procès s'était déroulé sans moi. De mon côté, je *convaleçais* sans hâte, persuadé que je finirais mes jours en prison.

— Vous avez fait combien pour l'instant ? Trois ans ?

— Quel est le rapport ?

— Le rapport, c'est que grâce aux éditions De la porte, il ne vous en reste plus que deux à faire avant de sortir… Vous vous rappelez notre accord ?

L'accord auquel faisait référence Vandevelde m'engageait à écrire un nouveau bouquin pour les éditions De la porte. La médiatisation de mon affaire avait fait exploser les chiffres des ventes de Bel-Air tous livres confondus, et Vandevelde, qui avait senti le bon coup, avait racheté les droits de mon livre – celui que j'avais écrit chez Bel-Air. Évidemment, il s'était vendu comme des barrettes de shit et Vandevelde m'avait vivement encouragé à écrire un nouveau livre. J'avais accepté ; résultat, l'armée d'avocats des éditions De la porte avait miraculeusement réussi à limiter ma responsabilité. J'avais pris 5 ans. La contrepartie avait été un accompagnement psychologique sévère et l'engagement de céder aux éditions l'exploitation du livre que je devais écrire en prison.

Je n'avais rien écrit…

— Que ferez-vous lorsque vous sortirez ?

Vandevelde m'avait interrogé avec un air compatissant que je ne lui avais jamais connu. Avait-il une âme, finalement ?

— Je ne sais pas. Rien de particulier.

— Votre accompagnement psychologique se passe bien ici ?

— Je trouve. En tout cas, je me sens moins névrosé.

Il sembla un peu contrarié par ma réponse.

— Dommage. C'était peut-être le moteur de votre talent...

Je me disais bien aussi...

— En attendant, c'est bien pour vous. Vous ne souhaitez toujours pas voir votre femme et votre fils ?

— Ex-femme...

— Soit. Ils sont en bas... Ils n'attendent que votre feu vert ! Je crois que le petit est particulièrement impatient...

— Allez vous faire foutre, Éric !

Vandevelde me regarda avec curiosité.

— Je peux vous demander pourquoi vous persistez à les tenir éloignés ainsi ?

— Vous pouvez ! Mais je peux aussi ne pas vous répondre...

— Vous êtes vraiment impossible, Adam. Votre ex-femme consent à apaiser vos relations, votre fils souffre le martyre de ne pas voir son père, et vous... vous faites votre timoré pour je ne sais quelle obscure raison en vous faisant encore plus de mal que vous ne leur en faites... Mais qu'est-ce qui vous empêche de faire la paix ?

— La honte, Éric... La honte.

Il eut l'air de comprendre, car il se tut un long moment. Il hocha la tête et expira profondément.

— Je suis désolé, Éric, je ne peux pas ! C'est trop dur.

— Vous avez le bonheur au bout des doigts, Adam. Vous n'avez qu'à tendre la main.

— Vous avez manqué votre vocation, Éric. Vous auriez dû être thérapeute, pas éditeur ! Épargnez-moi donc votre psychologie de comptoir... Je vais y réfléchir, c'est tout ce que je peux faire pour l'instant.

Je m'étais obscurci en regardant les chaînes qui solidarisaient mes deux poignets. Dans chacune de mes mains se trouvaient les deux issues possibles.

Dans l'une, la rédemption. Estelle et Marcel. Une nouvelle vie avec la honte et la culpabilité en toile de fond. C'était possible. Difficile, mais possible.

Dans l'autre, le terme qui me taraudait depuis des mois. La fin… Les moyens étaient nombreux, mais l'éventualité presque inévitable. J'avais manqué ma libération. La vie m'avait attrapé par les cheveux et ramené dans un univers qui n'était plus le mien.

Après le départ de Vandevelde, j'avais regagné ma cellule, accompagné par un maton qui illustrait à merveille l'expression « aimable comme une porte de prison ». Au moins un qui n'avait pas raté sa vocation.

Ici, j'étais un privilégié. Cellule exclusive. Confort spartiate, mais au regard de l'ensemble de la copropriété, je me sentais plutôt bien loti. Je le devais aux éditions De la porte, bien sûr. J'avais un ordinateur, le câble, une petite cuisine et une vue convoitée sur le parking des visiteurs.

À travers les barreaux, j'avais aperçu mon bienfaiteur. Il avait ouvert la porte du côté passager à Estelle et j'avais refréné une larme. Je m'étais ensuite effondré lorsque Marcel avait pris place à l'arrière du véhicule. Je repensais aux deux options que j'avais évaluées quelques minutes plus tôt face à Vandevelde et au néant de mon existence. La vie ou la mort. Mourir me paraissait la meilleure option. Malheureusement, c'était déjà fait. Alors quoi ? Vivre ? Revivre ?

J'avais finalement décidé qu'écrire était peut-être, pour l'instant, la meilleure chose à faire.

Remerciements

Je tenais à remercier tous les cons qui ont inspiré les personnages de ce livre.

Merci, encore une fois, à ma femme et à mes enfants qui ont composé avec mes doutes, mes humeurs atrabilaires et autres délires d'écrivain.

Enfin, merci à toute l'équipe de JDH Éditions, et plus particulièrement à Yoann Laurent-Rouault, mon directeur de collection, qui a cru en mon livre et lui a offert ses marques de noblesse en l'intégrant à la collection B-Files.

william-techer-perez-auteur.com

À découvrir

Quand une tueuse cubaine débarque à Manhattan et fera tout pour venger son fils.

Interview de l'auteur

À découvrir

Thomas Degré
LA DEMOISELLE
DE NULLE PART
Roman
MAGNITUDES
7.0

Découvrez les autres collections de JDH Éditions

Magnitudes

Drôles de pages

Uppercut

Nouvelles pages

Versus

Les collectifs de JDH Éditions

Case Blanche

Hippocrate & Co

My Feel Good

Romance Addict

F-Files

Les Atemporels

Quadrato

Baraka

Les Pros de l'éco

L'Édredon

La revue littéraire de JDH Éditions

Venez découvrir les textes de la revue

Textes et articles dans un rubriquage varié (chroniques, billets d'humeur, cinéma, poésie…)

Suivez **JDH Éditions** sur les réseaux sociaux
pour en savoir plus sur les auteurs,
les nouveautés, les projets…

Inscrivez-vous à notre Newsletter sur
www.jdheditions.fr
Pour recevoir l'actualité de nos nouvelles
parutions